新版　近藤聡乃エッセイ集　不思議というには地味な話

子供の頃の頭蓋骨

近藤聡乃

カタ
カタ
カタ
―そういえば子供の頃…
カタ
カタ
これに似た小さい桐箱に、乳歯をしまっていた
カタ
カタ
カタ
ザ
だから
カラ
カラ
カラ
もっと小さい頃の他の骨もどこか別の箱にしまってあると思っていた。
この箱だったら…
頭蓋骨にちょうどいい…
……

……
カタ

カラ
……

ねえ
ねえ

ねえ
どこにしまったの？
頭蓋骨

……
そう言われてみると…

どこにしまったんだっけ
ああ、今日は頭が痛い

何か硬いものが頭の中で
カタカタしているような
カタ
カタ
カタ
カタ
カタ
カタ
…ああ、
そうか
ここにしまって
あったんだ
スポ
頭の中で、子供の頃の頭蓋骨がカタカタいっている
おしまい
2011.6

不思議というには地味な話　目次

エッセイ五十七編

マンガ二編

くまとモクレン

自宅と近所のスーパー（Key Food）の間にモクレンの木があります。日本ではよく見るけどニューヨークでは見かけない植物とその逆も多いので、共通の植物を見ると「あ」と思います。

小学校一年生の国語の教科書に、くまとモクレンの話がのっていました。くまの親子が春先に、モクレンの木に登って花をパクパク食べるという話なのですが、本当にくまはモクレンを食べるんでしょうか。どちらにしてもその話のモクレンの白い花が本当においしそうだったので、今でも白い花全般を見かけると「おいしそう」と思ってしまいます。残念ながら近所のモクレンは紫で、白よりはおいしそうではありません。

そういえば、私は小学校二年生くらいまで時計が読めませんでした。よくそれで一年間時間割に沿って勉強したり給食を食べたりできていたなと不思議です。それを思うと、ヘタクソな英語でニューヨークに住むくらいなんでもないですね。

二〇一一／〇四／一六

〇一五

くまとモクレン

漢字を何度も書いていると何の字だかわからなくなる現象

ニューヨークで何をしているかと言いますと、アニメーション「KiyaKiya（きやきや）」を制作しています。このタイトルは「胸がきやきやする」という古い日本語から作りました。

この言葉とは、澁澤龍彦『少女コレクション序説』中の「幼児体験について」という一編で出会いました。「何とも説明しがたい、懐かしいような、気がかりなような気分」、「既視感（デジャ・ヴュ）」の気分をさすそうです。この言葉と、前から気になっていた「紙芝居」を軸にして制作を開始しました。

と、いうようなことを先日ボストンに行った際に、日本語が堪能なアメリカ人女性に説明していました。デジャ・ヴュの話の流れで、日常で起こるちょっとした不思議の話になりました。「字を何度も書いていると何の字だかわからなくなる」というのも似たような不思議さですよね、と言ったところ、「大人になって漢字の勉強をしている時に初めて体験した」とのことでした。そう言われてみれば、この現象はアルファベットだと起こりにくそうです。漢字のある国に生まれて得した、と思いました。

ちなみに、私がはじめてこの現象を体験したのは、小学校三年生の時に「消」の字をノートに何度も書いて覚えていた時でした。こういうおもしろいことは子供の頃に体験した方が、トンチンカンな解釈が加わってさらに不思議になって良いと思います。大人になると記憶も雑です。たしかこの現象にはきちんとした名前があるとテレビでやっていたのですが、忘れてしまいました。

二〇一一／〇五／〇三

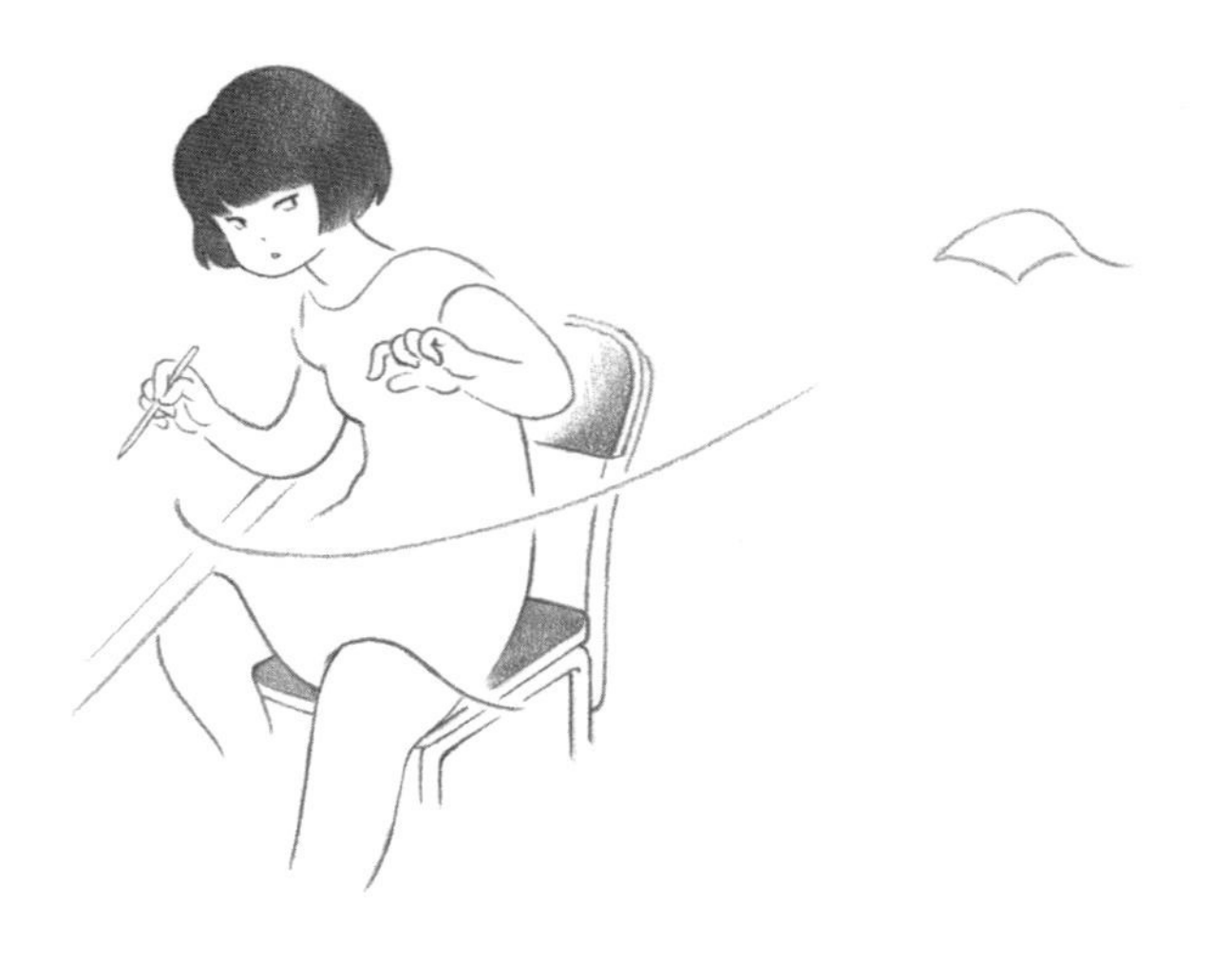

鳥取県の雨

大学生の時に鳥取出身の方から、雨の話をききました。鳥取県は空がどんよりしていることが多く雨もよく降るので、東京にきたら空がカラリと晴れていてうれしかったそうです。そんな訳で雨が嫌いで、「ちょっとでも雨にあたるのは嫌だ。降ってきたら即、傘を差す」と言い切っていました。

ミヅマアートギャラリーの作家さんの一人が、閉所恐怖症の友人にその症状を詳しくきいていたら自分も閉所恐怖症になってしまったと仰っていました。飛行機に乗り、友人の言葉を思い出した途端にパニックになったそうです。私もちょっとの雨なら濡れて平気だったのですが、鳥取の方の話をきいて以来、雨にあたりたくない病がうつってしまい、どんなに小雨でも「即差す派」になりました。

マンハッタンの人はなかなか傘を差しません。小雨なら無視、フードをかぶってごまかしたりします。日本のような小さくて軽い折り畳み傘がないせいもあるかもしれませんが、雨の質が日本に比べるとさらりとしているし、乾くのも早いのであまり気にならないのだと思います。私もはじめの頃は頑固に即差していたのですが、あまりにも目立ってしまうので我慢するようになりました。

今ではすっかり元に戻り、ギリギリまで我慢するのが丁度よくなりました。私と雨の近況はこんなところです。

二〇一一／〇五／〇五

○二一

鳥取県の雨

どうでもいいことで頭を一杯にする

忙しい時や不安な時は、どうでもいいことで頭を一杯にしたくなります。展示直前で追いつめられたり、制作がうまくいかなくてイライラすると、ゴシップが無性に知りたくなるのはそのためです。芸能人の誰と誰が熱愛しようと破局しようと死ぬほどどうでもいいですが、ただ「へぇ」と思いたい。反対に、ゴシップに異常に詳しくなって「自分が今不安なのだ」と気づくこともあります。

知人のゴシップだと怒ったり喜んだりと気が散りそうですが、有名人のゴシップは、ただ頭を埋めるのにちょうどいい感じです。似たようなことを言っている友達もいたので、みんながそういう気持ちでワイドショーを観ているのかもしれません。

現在、アニメーションの第二部を編集しております。締切が近づいてきて、寝る直前などに「本当に終わるのか？」とゾッとすることもあります。せっかくニューヨークにいるのでアメリカンゴシップで頭を一杯にしたいところですが、「リンジーがどうの」「マイリーがどうの」と言われても、予備知識が足りないので「へぇ」とも思いません。ある程度対象のことを知っておかないとおもしろくもなんともないものですね。わざわざ予習するのも目的を見失って完全に時間の無駄なのでやめておきたいです。

たまにゾッとはしているものの、まだまだゴシップに頼らなくても大丈夫です。近日中に第二部が仕上がりそうなのでコツコツがんばります。

二〇一一／〇五／二〇

メトロポリタンのおなか

メトロポリタンミュージアムは広いので、一日ではまわりきれません。私は企画展を観に行った時に、その日の気分で観たい常設展示に寄ることにしています。ルーブルや大英博物館もそうですが、無理に全部観ようとすると結局ほとんど忘れてしまうので、時間はかかりますが確実です。近くに住んでいるからできる贅沢な観方でもあります。

入り口を入って左奥にずんずん進んで彫刻を抜けたあたりに、毎回観に寄ってしまう作品があります。円形の台座に三人の子供が載っていて、中央の一人を囲むように二人が眠っている彫刻です。台座のまわりに蟹やサソリなど12星座のレリーフが彫られていたり、フルーツの間で瓶が倒れて水（牛乳かも）がこぼれていたりと、細部もかわいらしく、特に眠っている子供の仰向けのおなかが素晴らしく良いです。足の裏からはじまってモモのつけねからおなかにつながっていくあたりが、くたりと力が抜けつつぷりぷりしていて、何度みても良い。夏の暑い日に、クーラーでよく冷えた頃を見計らってヒタリと触ってみたい。

残念なのは、おなかに比べて頭部の出来が悪いことです。おなかはあんなに優雅なのに、表情も角度もぎこちないので、違う人が彫ったのかもしれません。少なくとも同じ情熱で彫ったとは思えません。冒頭に「ほとんど忘れた」と書いたループルですが、ギョッとするほど神々しかった「サモトラケのニケ」は印象的に覚えています。この彫刻も、ニケのようにドカンと頭部が破損していたらもっと良かったかもしれません。

いつも適当に歩くので正確に説明できませんが、とにかく左奥にずんずん進んだレストランの前あたりです。メトロポリタンに行かれる際には、必見のおなかです。

二〇一一／〇五／二五

土足とジャクソン・ポロック

ニューヨークに住み始めたばかりの頃、自分でもびっくりするほど頻繁に「土足文化」について考えていました。一日スタジオにいて疲れ切った帰り道、地下鉄の中でふと気づくと「なぜアメリカ人は土足で家にあがることができるのか？」と考えていることがしょっちゅうありました。以前から理解できない文化だとは思っていましたが、そこまで気になっていたなんて……。

いろいろ考えた結果、いくつか理由が見つかってきたので列挙してみます。

「日本より湿度が低いから」

日本で土足生活をしたら「泥だらけ」になりますが、こちらだと「砂まみれ」になるので若干ましです。

「日本より照明が暗いから」

レストランも一般家庭も、日本より少し暗いです。これは目の色の違いもあると思いますが、たぶん日本より床の汚れが目につきづらいです。

「床に対する意識の違い」

日本人ほど「床は汚い」と思っていない気がします。ニューヨークの地下鉄に乗っていると、土足で座席にのっている子供を親が注意しない光景をよく見かけます。その子供の靴が隣の人に当たっていたので、さすがに親も注意するだろうと見ていたら、親も隣の人も全く気にしていませんでした。さらに、ごくたまにですがトイレで鞄を床に置いている女性を見かけます。こちらのトイレは日本より床とドアの隙間が広いので足元が見えるのですが、その度に絶句してしまいます。これは「汚くても大丈夫」なのではなくて「床（つまり靴の底も）はそんなに汚くない」と思っているからではないでしょうか。

このように、いくつか思い当たることはあっても、やはり私には土足生活は無理です。家の中を靴で歩き回った後、どうやって掃除していいのか見当がつかないし、家の中では靴を脱いでノビノビしたいです。

それでもいくつか、いいなと思う点も見つかってきました。外でも中でも靴なので、家の出入りが日本よりだいぶ気軽で「内と外の境界線が薄れる感じ」があります。ホームパーティーが多いのも、人を招いたり人の家に上がったりする抵抗が少ないからかもしれません。思い立ったらすぐ外に出て行けるような感覚もあるので、行動的になる気もします。

そして、私にとって「土足」といえばジャクソン・ポロックです。美術館で観る度に「ものすごく土足っぽい……」としみじみしてしまう。土足でなくては作れなかった作品、土足文化から生まれた作品、畳の上では絶対に描けない作品、というか絶対に描きたくありませんよね。

そんな訳で、地下鉄でもトイレでも美術館でも土足文化について考えた結果、文化の違いからくる多様性をふまえると「土足文化もまあ良し！」というのが最近の結論です。

二〇一一／〇五／三一

ちなみに私にとって「畳っぽい」作家といえば丸山応挙です。

〇三三

土足とジャクソン・ポロック

不思議というには地味なこと

私は子供の頃の印象的な出来事や記憶を元に作品を作っています。今作っているアニメーションもいろいろな思い出の影響を受けていて、そのうちの一つが「病院の絵本の思い出」です。

赤ん坊の頃からのかかりつけの病院の待合室に、行く度に読む絵本がありました。ある日いつものようにその絵本を読んでいたら、いつもと結末が変わっていました。「あれ？」とは思いつつも特に気にせずに、次の機会にまた読んだ時には元通りでした。たぶん勘違いだとは思いますが、もう二十五年以上前の不思議な思い出です。

さてここ最近、不思議というには地味なことが起こっています。自宅の洗面所に置いてある、洗面台を磨くためのアクリル毛糸のタワシ（何年か前に日本ではやったやつ）がふと気づくと床に落ちていました。なんでもないことですが、以前は床に落ちていたことがなかったので、回数が重なって「あれ？」と気になりだしました。顔を洗った後などに、何か新しい習慣のような癖のようなタワシを落とす動作でもしているのかなと考えているうちに、「そんなところに落ちるはずがない」という隙間にはまっているのに出くわして、「……これは不思議。……というか『地味な怪奇現象』なのでは？」と思うようになりました。

そこで思い出したのが、小学生の時に隣の小学校に通う友達からきいた「トイレの石鹸の話」です。その小学校には幽霊が出るという噂のトイレがあって、友達が掃除当番になった時、ちょっと目を離した隙に手洗い用の石鹸がどんどん移動したそうです。地味さが我が家のタワシ事件によく似ている。

病院の絵本のタイトルは忘れてしまいましたが、絵は藤城清治さんでした。今でも藤城さんの絵を目にする度に必ずこの出来事を思い出します。藤城さんの絵には特別な愛着を感じています。

タワシの方は「不思議（地味）」と思ってから、洗面所を出る時に落ちていないかチェックするようになり、それ以来一度も落ちているのを見ていません。

①やはりただの偶然だった。
②隣の小学校のトイレの幽霊が二十年かけてニューヨークの我が家に現れた。そしてバレたのでやめた。

差し当たってどちらでも良いですが、二十年後あたりにまた地味な怪奇現象が起こるかもしれないので、一応覚えておこうと思います。

二〇一一／〇六／〇八

○三七

不思議というには地味なこと

学研のおまじない

先日、「不思議というほどでもないこと」について書いたら、「結構不思議なこと」を思い出したので忘れないうちに書いておこうと思います。

小学生の時に学研を読んでいたら「なくしもののおまじない」が載っていました。「なくしたものを心に思いながらハサミの刃に輪ゴムをグルグル巻き付けて机の上に置いておく」というものです。何もなくしものがなかったので、母にきいてみると、ちょうど手袋を片方なくしたところでした。早速母の黒い手袋を思い浮かべてやってみました。

次の日、小学校の給食の後、その週は昇降口の担当で下駄箱の付近を掃除していました。下駄箱の裏もホウキで掃こうということになり、友達と一緒に下駄箱を動かすと、裏から黒い手袋が出てきました。

先日のタワシの話に比べて、大分不思議です。この後も何回かこのおまじないを試して、なくしものが出てきた覚えがある（手袋ほど不思議な出方をしなかったせいか具体的には覚えていない）ので、なぜだかはわかりませんがこのおまじないは効くようです。

もう一つ、経験的に効くと知っているおまじないは「巣鴨のとげ抜き地蔵」です。いろいろ作法はあるようですが、私は指にトゲが刺さってどうしても抜けない時に、紙に描かれたお地蔵さんを患部に巻きました。しばらくしてとると、トゲがなくなっています。

おまじないが本当に効くと驚きます。「そもそも効くからおまじないなのだ」と、自分に言い聞かせてもそんな理屈では気がすみません。あまり不思議だと騒ぐともう効かなくなるような気もするので、子供の頃はただ静かにうろたえていました。「とげ抜き地蔵」の場合、トゲが無事とれたら感謝しつつお地蔵さんを飲み込み、それでおしまいです。なくしものをしたらハサミにゴムを巻き、トゲが刺さったら指にお地蔵さんを巻き、効いたらそんなものだと受け止めて、そのままそっと忘れてしまうのが良い気がします。

二〇一一／〇六／一五

○四一

学研のおまじない

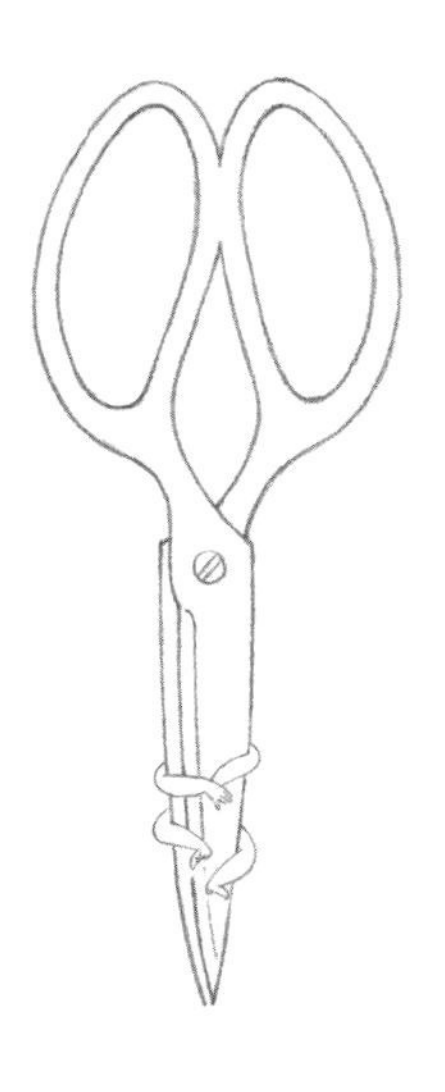

ニューヨークのスズメやリス、そしてイルカ

ニューヨークで暮らして約二年にもなると、ずいぶんアメリカに染まった頃かと思われがちですが、相変わらずです。というのも何かにつけて日本と比較して考えるので、日本にいる時よりむしろ日本について考える機会が多いからです。例えばスーパーに行った時も「これは日本より安い」とか「これは日本のより高いのにまずい」などといちいち比較してしまいます。

山田花子さんのマンガに、「スズメってかわいいけど、鳩ってなんだか気持ち悪いわよねぇ」と言ったら「なんで？　ねえなんで？」と彼氏に問いつめられて泣く彼女の話がありました。たしかにスズメってかわいいけど、鳩は気持ち悪いですよね。たぶん日本人の大部分がそう感じていると思います。「舌切り雀」の中で、「悪い婆さん」という設定のおばあさんが、障子はり用のデンプン糊をなめたスズ

メの舌を切るシーンがあるのをみても、やっぱり日本人なら誰でも「スズメが舌を切られるなんてかわいそう！　酷いババアだ」と感じるという前提があるのがわかります。

ニューヨークにもスズメはいますが、あまりかわいくありません。日本のよりちょっと大きめで模様もぼんやりしています。しかもなんだかすすけているので「やっぱりニューヨークは日本より乾燥しているから砂埃にまみれてるんだな」と最初の頃は思っていたのですが、よくよく見たら埃ではなく頭の上の部分に元から灰色の斑点がありました。鳴き声も「チュンチュン」というより「ジュジュジュ」という感じです。小さくて模様がキレイでかわいらしく鳴く、というのが揃っているから日本のスズメはかわいいということがよくわかりました。もしかしたらニューヨーカーは「舌切り雀」を読んでも「糊をなめたスズメが悪い。舌を切られて当然だ」と思うかもしれません。

日本の街中では見かけないけれど、マンハッタンでは身近な動物がリスです。リスがヒョイっと現れて、タタタと走り去っていくのに出くわすと、慣れてきたとはいえ、やっぱり「かわいい」と思ってジッと見てしまいます。ところが、こちらの子供が棒でリスを追っ払っているのを見て、どうやらニューヨークではリスはかわいい動物という枠に入っていないようだと気づきました。珍しい、というのもかわいさの要素なのかしれません。

ちなみにネズミの扱いは日本と同じです。地下鉄の駅構内で、私の前を歩いていた白人女性が曲がり角で叫び声をあげたので「死体でもあったか⁉」と思ったら、ドブネズミがいただけでした。「ニューヨークの駅に死体」というのも思い込みが強いな、と後でおかしくなりましたが、結構思い込みで「かわいいか、かわいくないか」が決まるということもあると思います。日本人は「リスとスズメはかわいい」とみんなして思い込んでいるのかもしれません。

さて、なぜ鳥の話をしたかといいますと、これも思い込みからです。震災後、アメリカの報道が気になってNew York Timesのインターネット版を日に何度も見てしまうようになりました。ここ数日World Newsのページの右端に「灰色の鳥」が載っていて、「気持ち悪い鳥だな」とずっと思っていたのですが、今朝よくよくみたら

「イルカのななめ横顔のアップ」でした。思い込みはよくないですね。

それにしても前から思っていたのですがイルカは本当にかわいいでしょうか？私はイルカをテレビで観る度に「気持ち悪い」と思います。タコ、イカが気持ち悪いのと同じようにイルカが気持ち悪いです。以前、伊豆で浅めのプールでユラユラしながらレタスを食べているジュゴンを見ましたが、それも鳥肌がたつほど気持ちが悪かったです。どうやら私は水の中にいるプラスチックのようなものが苦手らしくて、ディズニーランドのジャングルクルーズも怖いです。水面からプラスチックがどんどん出てくるのがものすごく気持ち悪い。イルカは国際的に「かわいい」と思われているようなので、きっと私の個人的な趣味の問題だとは思うのですが、珍しさと思い込みをいったん脇に置いて、是非もう一度じっくり考えてみてほしいです。イルカがかわいいというのは気のせいじゃないでしょうか。

二〇一一／〇六／二〇

「向上心がないものは馬鹿だ」

夏目漱石の『こころ』の中で、若い頃の先生が親友のKに言われた言葉です。正確には頭に「精神的に」がつきます。私がこの言葉と出会ったのは小説ではなく、中学生の頃に観たテレビドラマでした。この言葉をきいた時、ドキっとして思わず隣で観ていた兄に「『こうじょうしん』って何？」ときいたのをよく覚えています。それ以来、この言葉がずっと忘れられません。

大人になって考えてみると「馬鹿だ」というのは言い過ぎで、「向上心を持ちつづけられる人はエライ」くらいが丁度いいのではないかと思います。ただ、「もう何もかも面倒臭い、一生布団の中で丸まっていたい」というような弱っている時に、この言葉を思い出してしまうと、ますます追いつめられた気持ちになります。

もう一つ、忘れられないのが「赤毛のアン」の中でアンが言った言葉です。こちらは原文がわからないのですが、「私はたくさん失敗をするけど、私のいいところは同じ失敗を二度しないところだ」という内容でした。私は勝手に「同じ失敗を二度してはいけません」と禁止されたような気持ちになりました。

失敗というのは自分の性格（特に短所）が原因でしてしまうことが多いので、大雑把に言えば失敗のほとんどは「同じ失敗」だと思います。アンの場合、「行動にうつす前によく確認をしない」という短所のせいで失敗していることが圧倒的に多い（ジュースと間違えて親友に酒を飲ませる、怪しい行商人から買った染め薬で髪を緑色にするなど）ので、「同じ失敗を二度しないどころか、何十回も同じ失敗をしていることにすら気づいていない」と教えてやりたいところです。でもこんな揚げ足がとれるのもやはり元気な時だけで、「また同じ失敗をした、もう何もかも面倒臭い、一生布団の中で丸まっていたい」というような弱っている時に、さっきの夏目漱石の言葉と重ねて思い出してしまうと、「このまま布団の中で死にたい」という気持ちになります。

一年間のニューヨーク研修の終わりかけの時期に、同じ奨学金で滞在していた作家さんと、マンハッタンの1 Ave.、11 St.にあるチーズケーキがおいしいお店で、「思ったより英語がうまくならなくてつらい」という話になりました。（チーズケーキを食べながら「つらい」というほどのつらさ）。「つらいといえば、夏目漱石と赤毛のアンに呪われている」と、この二つの言葉について説明し、何か忘れられない言葉があるかきいてみました。

彼が教えてくれたのは「堂々としてりゃいいんだよ」という、バイト先の親父（たしか寿司屋）の言葉です。それ以来、「向上心が……」とか「また同じ失敗を……」などと落ち込んだ時に「そういえば寿司屋の親父が」と気を取りなおすようになりました。たしかに、文法や発音がメチャクチャな英語でも堂々と話すと割と通じます。

二〇一一／〇六／二六

しりとりがしたい

英語に囲まれて暮らしているせいか、最近たまに「しりとりがしたい」と思うことがあります。できたら、遠慮なしで勝負して互角なくらい日本語が堪能な外国人としたいです。子供の頃は「キリン」や「プリン」でうっかり負けていましたが、大人もそんな凡ミスをするでしょうか。

二〇一一／〇七／〇六

ん？

河童について

制作が軌道にのっていたり、とても集中しているような、いわゆる「調子の良い時」に、手だけが忙しくて頭の中は意外と暇というかカラ、というような変な感じになることがあります。最近、そんな時にぼんやり河童のことを考えていることが多いのですが、なぜでしょうか。

河童が気になりはじめた時期に、国際結婚されて長いことフィラデルフィアに住んでいる日本人アーティストの友達が、仕事でニューヨークにやって来ました。チエルシーのギャラリーを巡りつつ河童の話をしてみると、予想以上に盛り上がりました。

改めて感じたのは、私たちが河童についてかなりの情報を持っているということでした。有名なミイラや尻子玉などつぎつぎに河童情報を挙げ、さらに「河童を目撃した人からの情報」などを披露していると、「やはり河童はいる」という気になってきました。

先日ふと思いついて、ポストイットに河童の絵を走り描きして「あなたの国にはこういうものがいますか？」と南アフリカ人の友達にきいてみました。「いないし、知らない」と即答されて、「河童についてよく知っていて、『いるのかも』なんて思いたいのは日本人だけなのか」とガッカリしました。よくよく考えると「河童がいそうな場所」も限られています。南アフリカやハドソン川にはいなそうですが、霞ヶ浦あたりだったら一週間泊まり込めば一度くらいは見られるような気さえします。河童の話題で異常に盛り上がるのも、ぼんやりと河童のことを考えてしまうのも、もしかしたらものすごく間接的なホームシックなのかもしれません。

二〇一一／〇七／〇八

余談。「河童はいないけど、『トコロシ』なら知ってるよ」と言うのできいてみると、子供の頃に繰り返し読んだ『水木しげるの妖怪辞典』の「外国の妖怪」コーナーに載っていたもののことでした。南アフリカ人からアフリカの妖怪について直にきけるなんて……あの頃の自分と水木しげるさんにこの喜びを伝えたい。

夢のタイトル

制作中のアニメーションのタイトル、「KiyaKiya(きやきや)」は造語なので、一度で正しく覚えてもらえることは少ないです。特に日本人は「キラキラ」と勘違いしやすいので、むしろ外国人の方がすんなり伝わります。

アニメーションの中では四回、タイトルが出るシーンがありますが、自分でロゴをデザインしたらますます読みづらくなりました。タイトルが「KiyaKiya」であると知った上でよくよく見ないとわからない、くらい読みづらいのですが、自分ではこのくらいが丁度良いと思っています。

幼稚園に通っていた頃に見た忘れられない夢があります。体中を納豆のようなドロドロしたもので覆われた怪人が現れる怖い夢で、冒頭から人がどんどん殺されて不安が高まっていきました。忘れられないのはその内容ではなく、ついに私の前に怪人が現れた瞬間に、映像がとまり、派手な効果音とともに視界一杯にタイトルが出たことです。さらに印象的だったのは、そのタイトルが漢字で書かれていたために、子供だった私には読めなかったことでした。

たしか黄色の太いゴシック体で「〇〇！　〇〇の〇〇‼」というようなタイトルだったのですが（ひらがなだけは読めた）、未だにそのタイトルがなんだったのかは謎のままです。ただ、今までの人生で一番印象深いタイトル、忘れられないタイトルであることもたしかです。

そんな訳で、「タイトルは絶対に読めなくてはいけない」とは思いません。外国で暮らしていると、言葉の隅から隅までわかるわけではなく、漠然としている部分もあるのですが、それで大丈夫、というかその方が良いのかもしれないと思うこともあります。全てを言葉に当てはめようとすると、取りこぼす部分があるように感じます。

とはいえ、夢のタイトルがなんだったのかはやはり気になる。もう一度くらい出ないかと期待しつつ、最初の二文字は「恐怖」だったのではないかとふんでいます。

二〇一一／〇七／一五

あれはそういうことだったのか

先日、一緒にお昼を食べたアメリカ人の女性からおもしろいことを聞きました。彼女には小学生の娘さんがいて、「娘を育てているうちに、忘れていた自分の子供の頃の出来事をたくさん思い出した」そうです。娘さんの言動を通して、自分もしたようなことや、その時のことを詳しく思い出したとのことでした。私は出産に興味を持ったことがなかったのですが、これを聞いてはじめて「ちょっとおもしろそう」と思いました。

そんなことをぼんやり考えながら絵を描いていたら、突然思い出して、思いがけず納得したことがあります。

私がたしか幼稚園児だった頃のことです。遊んでいる私の横で普通に会話していた女性が、急に全く関係のない思い出話をはじめ（その時はあまりに脈絡がなかったのでなんの話かわからなかった）、みるみる様子がおかしくなりパニックになりました。まわりの大人は動揺し、私は訳がわからずにポカンと見ていました。

あれは「子供（私）を見ているうちに、忘れていたこと（たぶん嫌なこと）を突然思い出してしまってパニックになった」のだと、ようやくわかりました。

二〇一一／〇七／二七

〇六三

あれはそういうことだったのか

上を見て、さらに下を確認する

夏のマンハッタンを歩いていると上から水が降ってきます。雨かなと思って見上げると、大抵クーラーからの水です。こちらのクーラーは、窓を少し開けてはめ込むというのが一般的で、そこから水がポタポタ垂れるのです。きちんとネジなどでとまっているはずですが、見上げる度に「いつか頭に落ちてくるのではないか」と考えてしまいます。

見上げるといえば。

私の実家はマンションの七階で、帰宅する度に下から自分の部屋の窓を見上げる癖があります。小学校低学年の頃、学校からの帰りにいつものように上を見たら、私の部屋のさらに右斜め上、十階の踊り場の壁の「外側」のでっぱりに若い女性が座っていました。

今考えると完全に「飛び降り直前を第一発見」なのですが、全く気づかず「大人が遊んでいる！」と興奮して真下に走って行きました。下には女性のローファーの靴が転がっていて、さらに興奮して（ブランコから靴を飛ばして距離を競う、という遊びをよくしていたのでそんなものかと思った）下から手を振ったら目が合いました。そうこうしているうちに管理人さんに伝わって、女性は取り押さえられました。「来るな」と言われたのですが、こっそり見に行って再び目が合った女性は、二十代前半の普通のOLみたいな人でした。

この出来事を思い返して描いたのが「２００１年版逆さの思い出」というマンガです。あの時の女性が自分だったらと想像すると妙に現実味があり、落下途中の逆さの風景を生々しく思い返すことさえできる、というような内容でした。

実はこの話にはさらに続きがあります。マンガの原稿を編集部に届けた数日後、大学から帰宅すると、ちょうど私の部屋の下あたりに二、三人の人が遠巻きに集まっていました。嫌な予感がして近づくと、若い女性が「ぺたん」という感じで落ちていました。「私がマンガに描いたせいであの時の女性が今度こそ飛び降りてしまった」ように思えてものすごく怖くなり、編集部に無理をいって掲載を取りやめてもらいました。

もちろん女性は別人だったのですが、それ以来私には「上を見て、さらに下を確認する癖」がつきました……という怖い思い出を、十年たったので書いてみました。

二〇一一／〇八／〇二

○六七

上を見て、さらに下を確認する

もう一回

大学生の時、「テレタビーズ」というイギリスの子供番組のキッカイなキャラクターが好きになり、よく観ていた時期がありました。

「ますますキッカイ」と思ったのは、番組の中で「全く同じ映像が二回流れること」でした。お腹のテレビに映し出された映像が終わると（テレタビーズの頭にはアンテナがあり、映像を受信するとお腹のテレビに映る）、テレタビーズたちがキャーッと喜んで「もう一回！　もう一回！」と叫び、本当にもう一回、全く同じ映像が流れます。「……何だこれは？」と思い、友達に話したら「幼児は同じことを繰り返すのが好きなんだよ」と言われました。

同じことを何度も繰り返す、と言って思い出すのは、中学高校時代の電車通学です。私は六年間、往復二時間半ほどの電車通学をしていました。そしてそのほとんどの時間、椎名誠さんの『哀愁の街に霧が降るのだ』と夢野久作の短編集を読んでいました。

『哀愁の街に霧が降るのだ』は椎名誠さんの自伝的小説（ご本人としては「他伝的バカ話」だそうです）で、厚めの文庫本上下巻二冊組でした。上巻のはじめの高校の入学式で、見るからに不良の椎名さんの耳元に、ごく普通の新入生の沢野ひとしさん（あのイラストレーターの沢野ひとしさん）が「空気銃で撃つぞ！」と囁くシーンがあります。私はなぜかこのシーンが異常に気に入っていました。

また夢野久作の『死後の恋』の、好きな女性のはらわたの中から宝石をほじくり出す件（くだり）や、「白菊」の部屋の中の雰囲気、『空を飛ぶパラソル』の轢かれた女のお腹の様子なども、何度読んでも心を掴まれて「もう一回！」という気持ちになりました。

つまり「ものすごく好きなごく一部」をより楽しむために全編をくまなく繰り返し読んでいたのですが、全編となると好きなシーンにたどりつくまでそれなりに間があります。一巡すると最初からもう一回！　と延々と繰り返し、七冊ほどの文庫本で六年間過ごしてしまいました。

テレタビーズの「もう一回！」に、ハッと恥ずかしくなりつつも、今でも同じことを繰り返すのが好きです。アニメーションは制作過程で似たような作業を長時間繰り返します。アニメーションを作りたいというよりも、一人で長時間同じことを繰り返したいからアニメーションを作っているのではないかと思うこともあります。

二〇一一／〇八／〇九

もう一回

壁一面のでかい顔

出口の脇にある壁にでかい顔（「大きい」というより「でかい」）がくっついていて、その顔が話しかけてくるので幼稚園から帰れない、という夢を子供の頃に何度も見ました。

ちょうど鎌倉の大仏の頭部から「顔」の部分をスパッと切ってはりつけたような感じです（顔も大仏っぽかった）。その顔に脅されるわけではなく、通り抜けようとすると、ひょうきんな感じで話しかけてきたり、ちょっと嫌味な質問をしたりするのでどうしても帰れないのです。監禁されるというよりも、やさしく抱きしめられてズルズル引き留められるような拘束のされかたで、目が覚めるとドッと疲れていました。

最近またこの夢を見たようです。（実は、はっきり覚えていないのですが、その割にイメージが具体的なので、たぶん)。今度は出口の脇の壁ではなくて、ニューヨークの自宅の窓から見える隣の建物の壁にくっついていました。

十月には個展のために少し帰国する予定ですが、正直なところ不安です。三月に日本にいなかったために、日本にいる人よりも覚悟しきれない部分があり、日々きこえてくるニュースにどんどん怖くなります。とは言っても、帰らなくてはならないし、帰りたいとも思うし、一生帰らないわけにはいかないし、でもやっぱり帰りたくないような……という心境です。

どうやら私の場合、「帰りたい」「帰れない」「帰らなくてはならない」「帰りたくない」というようなことをグルグル考えていると、でかい顔が壁にくっつくようです。

二〇一一/〇八/一二

本当かはわからないけどウソではない話

高校の時の知り合いに、おもしろい話をする人がいました。不思議な体験談をたまにきかせてもらっていたのですが、一時間以上集中してきいてしまうくらい話のうまい人でもありました。

特に印象的で忘れられないのが「幽体離脱して三途の川を見た話」です。大雑把に要約すると、コタツでうたた寝してたら幽体離脱して三途の川のほとりについて川の向こうで着物姿の若い女性が叫んでいて、意識が戻って母親によくよくきいたら若くして亡くなった大叔母がいて、しばらくしてタンスの奥に夢で見た女性が着ていたのと同じ着物を発見した、という話。

体験談としてはよく聞く話なので、私も見たことはなくても「私なりの三途の川のイメージ」を持っています。たぶん私が何かで死にかけたら夢うつつにその三途の川を見るのではないかと思います。タンスの着物の件も不思議ですが平凡な結末で、「まあ偶然だろう」という内容です。

ただ、この人の話が他と違うのは、話の細部がとても具体的で新鮮だったところです。大枠だけだったら「夢と偶然」ですが、細部のオリジナリティをふまえると、「……本当のことかはわからないけど、とりあえずこの人にとってウソではないな」と思いました。

特に魅力的に感じたディテール。

・幽体離脱したら、天井の隅にいつの間にか穴が空いていてすいこまれた。中はびっしりと水晶が生えた空洞で、とても心地良い音楽が流れていた。そこをゆっくり回転しながら上昇しつつ、「モーツァルトはこの音楽を楽譜に書き留めたのだ！」と確信した。

・狐が高速で回転して、よくお寺などにあるタマネギ型のやつになった。

水晶がびっしり生えた空洞や、高速回転する狐のことを思うと、なんともいえず魅力的で「是非本当であってほしい」と思います。この人はこれ以外の不思議な話もしてくれましたが、どれも「本当かはわからないけどウソではない話」でした。

全く別にもう一人、こちらも高校の時の知り合いでおもしろい話をする人がいました。不思議体験ではなくて、日常の中のおもしろい出来事をたくさん話してくれましたが、今になってよくよく考えると、この人の話は全部ウソだったのではないかと思います。

夢か夢でないか本当かウソかよくわかりませんが、どちらもきけて良かった話です。

二〇一一／〇八／二六

カエルについて納得していないこと

私には早とちりなところがあり、よく見間違いや勘違いをします。大抵の場合は気づいた時に「ああ、またか」と思って納得するのですが、一つだけ未だに納得していない見間違いがあります。

中学生の時の話。帰り道、最寄り駅を出たところの植え込みの下に、ヒキガエルを見つけました。両手のひらにすっぽり収まるくらいのヒキガエルで、「大きいな」と思って近づいて眺めました。カエルの横に、よくそこで見かける野良猫も並んで座っていたので「カエルと猫はケンカしないんだなぁ」と思いました。次の日もカエルはそこにいて、それからしばらく毎日「ああカエルだな」と思っていたのですが、あまりにもずっとそこにいるので、もう一度近寄ってみたら、それはカエルではなくて大きな石でした。

しっかりと近くからカエルだと確認していたので驚きました。その後もその石はずっとそこにあり、通る度に気にしていたのですが、もうどう見ても石でした。

この出来事を元に高校三年生の時、「女子校生活のしおり」というマンガを描きました。はじめて描いたマンガです。人より多く見間違いをしているせいか、今でも見間違いや、勘違いが制作のきっかけになることがあります。

さて、ではなぜこのカエルの件に納得がいっていないのか。それは、これと全く同じことが三回あったからです。三回も石をカエルと見間違えることがあるでしょうか。

宮沢賢治の「インドラの網」に「ほんのまぐれあたりでもあんまり度々になるととうとうそれがほんとになる」という一文があります。つまらないことで引用して申し訳ないと思いながらも、「あれは見間違いではなく、カエルが石になったのだ」と半分はそう思っています。

二〇一一／〇九／一四

よそのうちの中

ニューヨークの家の近所に、外から見ると植物園のような家があります。夕方通りかかると、オレンジ色の光に照らされた植物の合間に小ぶりのシャンデリアが見え、その奥で住人が部屋に不釣り合いなフラットテレビを観ている様子です。(住人の姿自体は見えたことがない)。いつかその家の住人と友達になり、一緒にテレビを観たいなと通る度に思います。

夕方近所を散歩していると、よそのうちの中をついチラチラと見てしまいます。外観は殺風景な家の中が思いがけず素敵な内装だったりすると、「ああ、一度招かれてみたい」とドキドキします。

日本の実家近くに仕事場を持っていた時、夕方帰宅する途中に近所の家の中がよく見えました。ある日、一軒の家のリビングに、小さな人形が並んだ飾り棚があることに気づきました。ぼんやりと光に照らされた棚が、ちょうど雛壇のようでとても美しく、「毎日通っているのに全く気づかなかった。あの部屋であの家の夕食を御馳走になってみたい」と胸がときめきました。でも次の日の朝、仕事場に行く途中もう一度のぞいてみたら、飾り棚ではなくただの食器棚であることがわかりました。

また別の日に、いつも窓は閉まっている家の窓が珍しく開いていたので、ヒョイとのぞいたら、古そうな老人の遺影が壁にズラリと並んでいました。「へー」と思ってさらに奥をのぞいたら、七歳くらいの男の子の白黒写真の遺影と目が合いました。

元たまの知久寿焼さんの「電車かもしれない」という歌に、「台所ゴットン電車が通るよ／よそのうちの中を」という詞があります。この詞が印象的なのは、よそのうちに土足であがり込んでしまうような緊張感と魅力を感じるからだと思います。

夕方通りかかる一瞬に光と一緒にもれてくる「よそのうちの生活」というのは、なんだか妙に緊張感のある美しさで記憶に残ります。
今までに見た中で一番美しかったのは、総武線で通りすぎる一瞬に見えたマンションの一室の光景です。ダブルベッドの上で、はだかの子供が二人ピョンピョン飛び跳ねていました。

二〇一一／一〇／〇八

猿とみかんの皮

先日、日本の実家からギャラリーに搬入に向かう朝のこと。道端に五センチくらいのお猿さんが落ちていました。ぬいぐるみではなく、本当に日本猿のようなお猿さんなのですが、まさかそんなに小さいお猿さんが落ちているわけはないので、とっさに「どうせみかんの皮か何かだろう」と思ってよくよく見たら、コウモリでした。

道端に落ちているコウモリを見るのは二度目だったし、急いでいたこともあり、足を止めずに通りすぎたものの、その日は電車の中でお猿さんのこと（コウモリではなく）を考えていました。（その日は偶然かばんの中に、色川武大の『ぼくの猿ぼくの猫』が入っていたからかもしれません）。そして自分がどうやら「猿とみかんの皮は似ている」と思っていることに気づきました。

なぜか子供の頃から果物があまり好きではありません。食べるとおいしいと思うので味のせいではないのですが、なんとなく生々しくて気持ち悪いなぁと思っていました。「生々しいってどういう意味？」ときかれると「なんだか生ゴミっぽいというか、ほら、食べられる実と皮の境があいまいで、そこが果汁でグズグズだし……」としどろもどろ説明していましたが、どうやら「果物は死んだ動物っぽい」と思っていたようです。

詩人の萩原朔太郎は精神的に衰弱した時、植物と交わる夢を見たそうです。それは萩原朔太郎に限ったことではなく、人は弱ると植物と交わる幻覚を見ることがあるらしい、というのを何かの本でむか〜し読んだ、という程度の浅い知識で知っていますが、そんなこともある、と想像するだけでワクワクします。何かの拍子に動物と植物の境界を精神的に突破してしまうことがありうるとすると、意外とその境界は薄くてあいまいで、慣れるといつでもスイスイ行き来できるのかもしれません。

そういうところがまた果物自体の形態と似ているように思えて、やっぱり果物はなんだか気持ち悪いです。もしかしたら、そこらの店先のみかんは、突破した誰かとみかんの花の子供だったりして……などと想像すると背筋が凍る気持ちの悪さ。

アニメーション「KiyaKiya」では、小さい赤い色をした子供と青い色をした子供が果物に変身するシーンがあります。このイメージも「動物と植物の境界を突破するワクワク」から来ているんだな、と改めて気がつきました。

二〇一一／一〇／一五

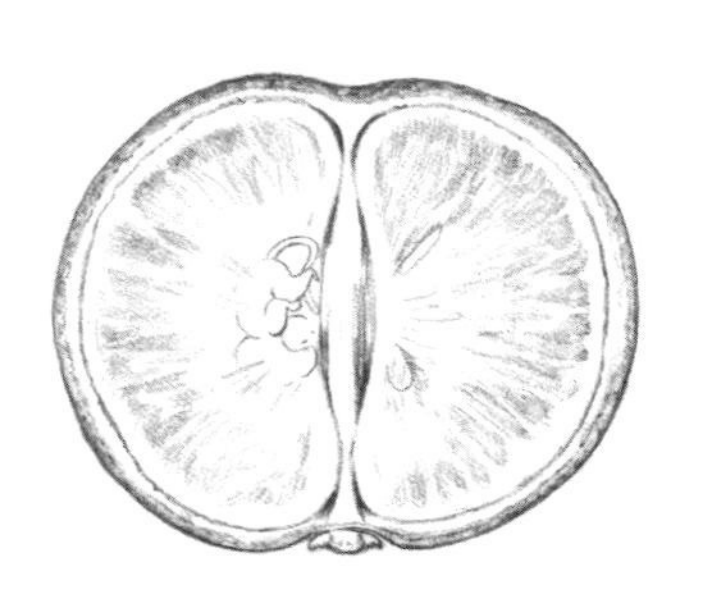

猫はかわいい

動物園に行く度に思うのは「犬と猫はとてもかわいい」ということです。猿山の小猿やレッサーパンダも見飽きないかわいさですが、帰り道にばったり散歩中の犬や野良猫に出会うと、はっとするほどのかわいらしさにショックを受けます。こんなに近くにあんなにかわいいものがいたなんて……と再確認するわけです。

よくしたりされたりする質問に「犬派？　猫派？」というのがあります。私は「猫派」と言うことにしていますが、柴犬などがしっぽを振って近寄ってくると、「犬かも……」と弱気になる通り、犬も同じくらいかわいいと思います。でも、「猫派」と言い切ることはできても「犬派」と言い切らせない、なんとも言えない猫の魅力はなんなのでしょう。

なんとも言えない猫の魅力、というのをあえてなんとか言うのなら「犬に比べて顔が平らで人間みたいで不思議」なところでしょうか。猫の斜め横顔を見ていると、十三歳くらいの少年少女の色気を感じます。

神楽坂のおまんじゅう屋さんで、床に猫が寝そべっているのに気づかずにズンズン歩いたら、思い切り踏んでしまいました。「猫ふんじゃった」という歌がありますが、実際踏んだら「ギャッ！」と言ってました。

親戚の家の黒猫は小さい時に寂しい思いをしたせいか、うれしい時にも声をだしません。家族の隙をついて家具の隙間に入るのが好きで、ある日開けた引き出しの奥に潜んでいるのに気づかずに、祖母が閉めようとしたら、ついに「ニャー」と言ったそうです。

先日二年ぶりにその猫に会った時、みんなが油断した隙に今度は仏間のタンスの隙間に入ってしまいました。無理矢理追い出したら小声で「ニャー」と言いました。私が声をきいたのはこれがはじめてです。

適当に思い出したことを書いたら声の話ばかりになりました。私は猫の声が好きなのかもしれません。

二〇一一／一〇／二九

夢の粘膜

しばらく前に失恋して以来、やたらと朝早く目が覚めるようになってしまいました。習慣が体に染み付いてしまい、特になんともなくなった今でも毎朝ほぼ決まった時間にハッと目が覚めます。はじめの頃は目が覚めるだけでなく、目覚めると既に上半身が起き上がっていたので不気味でしたが（あと、布団から出ているので寒かった）、最近では目覚まし時計いらずで便利にしています。ちなみに、夜更かししても、海外に移動しても現地時間で同じような時刻に目覚めるので不思議です。

夜は夜でのび太並みに寝付きがよく、スイッチを切ったように眠り、朝になるとスイッチが入ったように目覚めます。便利といえば便利ですが、マンガのような奥行きのない睡眠生活で物足りない感じもします。朝、布団から出られなくてグズグズしちゃうのよねぇ……というあの甘ったるい感覚がずいぶん遠くなりました。

マンガのよう、といえば、中学生の時に一度だけ大声で叫びながら目覚めたことがあります。（走り去るリスの名前を必死に呼んでいた）。大声の途中で目が覚めて、声のはじめの方は夢の中、終わりの方は現実だったのを喉の感覚で覚えています。

最初は簡単に大声が出せていたのに、その途中、喉のところで何か粘膜のようなものにドヨンと突き当たりました。それを声で突き破るのに力が要り、その息苦しさで目が覚めたのがはっきりわかりました。テレビコマーシャルで、柔らかい膜の中に液状の薬が入っている錠剤を見たことがありますが、ちょうどああいう感じの膜が、もうちょっと葛切りのような透明感で、厚さが三センチほどあるようなイメージです。

それ以来、夢というのは「どんよりと液体の中に浸っている状態」で、夢と現の境は喉のあたりにあると思っています。

二〇一一／一一／〇九

子供の頃の頭蓋骨

小学生の時に読んだ歴史学習マンガの一場面で忘れられないものがあります。たしか竹千代が死んだと見せかける、という場面で、家来が「死んだ証拠に敵に送る」と言って、頭蓋骨を取り出します。さらに「念のため」と言って「これは竹千代様が五歳の時の頭蓋骨、こちらは三歳の時の頭蓋骨……」といって次々に頭蓋骨を取り出す、というギャグシーンでした。

これを読んだ時に、一瞬「……そういえば私の五歳の時の頭蓋骨はどこにあるのかな」と思い、すぐに「ああ、そうか、そんなものはないんだな」と気づいたのですが、なんだかギクリとして忘れられなくなりました。

紙芝居のページに時差があると気づいた時、この頭蓋骨の話を思い出しました。紙芝居で読み手が読んでいる文章は、お客さんが観ている絵の一枚前の絵の裏に書いてあります。つまりページの表と裏に一ページ分の時差があるのですが、薄い紙の表裏にそんなズレがあるかと思うとゾッとします。しかも一枚一枚がズレることでピッタリくっついていて、最後の一枚の裏にははじまりの言葉が書かれているので、永遠にグルグルしているかと思うとなんだか恐ろしいです。

どちらも「自分がズレる」ようで怖い、と思った体験です。

もう一つ、小学生の時に、童話版『西遊記』を読んだ時のこと。見開きの挿絵入りの「孫悟空が毛をむしって息をふきかけて大量の分身を出す」という場面でも、「自分がズレる」という感覚になりました。ただ、同時に「あ、ズレても大丈夫なんだ」となぜかホッとしたのですが、なぜだかはよくわかりません。

二〇一一／一一／一八

意外と忘れている

先日帰国した時、話の種に「何か不思議な話はないか？」と久しぶりに会った友人にきいてみました。「ない」とあっさり言うので、とりとめなく話をしつつ「本当にない？」と節々で探りを入れてみると、二時間後くらいに「……そういえば」とようやく思い出して話してくれました。

その話が、「はっとするほど不思議な話」で、びっくりしたのですが、「そんな不思議なことを忘れていたこと」にもっと驚きました。これを忘れるというなら、一体何なら忘れないのだろう……と怪しんだりしたのですが、落ち着いてよくよく考えると、とても不思議ではあるけれど、ものすごく地味な不思議だとも思えました。体験した後に、病気が治ったり、呪われたりせず、ただその一瞬にものすごく不思議だった出来事です。「とても不思議なことでも地味だと忘れる」とはじめて知りました。

朝起きた瞬間に、見ていた夢を思い出そうとすると、すんなり思い出せますが、ちょっとでも間をあけてしまうと、見ていたことすら忘れてしまいます。ずいぶん前に、毎朝思い出そうとする習慣があり、夢は毎日見ているものだとわかったのですが（毎日、というより、たぶん眠る度に見ていると思う）、いつの間にかその習慣もなくなりました。「夢を思い出せない」のではなく、「最近夢を見ていない」と感じています。

何か、地味で重大なことを忘れているかもしれません。友人の「地味で不思議な話」は、何人かの人に話しておきました。みんな驚いていたけれど、もしかしたら今頃すっかり忘れているかもしれません。

二〇一一／一一／二三

夜道ですれ違ったら一番怖いものは何か

　ごくたまに「夜道ですれ違ったら一番怖いものは何か」と夜道で考えることがあります。なぜこんなことをごくたまに考えてしまうのかはわかりませんが、なんだかんだで十年くらい考え続けている問いです。（問い、という程たいそうなものではないけど）。猛獣や、拳銃を持っている人、不審者とかももちろん怖いですが、そういうのは抜きにして、一番怖いのは何だろうか。

「多摩美で有名な怪談」に「芸祭の夜、友達の後ろに頭部が異常に大きい人を見た」というのがあります。「で、どうなったの？」ときくと「さあ……」という感じの、味わい深い怪談です。この話を聞いて以来、「夜道ですれ違ったら」と考えるようになりました。

そこで毎回「頭部が普通の三倍くらいある人間」から考え始めます。いや、「顔がない人」の方が怖いだろう、と続いて、そしていつも結論としては「二回りくらい小さい自分」が一番怖い、に落ち着きます。（「二回りくらい小さい」というのは、身長が低いとか、痩せているとかいうことではなく、「人としてありえない寸法」ということです）。

十年たって、学生ではなくなり、ニューヨークに住み始めてもう三年くらいです。それでも「二回りくらい小さい自分」が不動の一位だと思うと、これもまた個人的にはとても味わい深い答えです。

ちなみに「夜、お風呂からでて部屋に戻った時に遭遇したら一番怖いものは何か」という問いもあり、こちらは「自分（等身大）」が不動の一位です。なぜ夜道が二回り小さくて、お風呂の後は等身大なのか。このことこそもっと考えてみるべきかもしれません。

二〇一一／一一／二四

運動神経の悪そうな作家

はじめて文章の書き方を教わった時、横書きと縦書きがまざってしまい、縦書きを左から書く癖がついてしまいました。左から書いた方が手に鉛筆がこすれなくて良いので、今でも自分だけが見るメモは左から書いています。小学校の国語の時間、ノートをとっていると右手が黒くなるのが嫌でした。

はじめの覚え方というのは大切です。縦書きのように、スキーの曲がり方もはじめに覚えるところで失敗しました。それ以来一度も滑ってないので今でもちゃんと曲がれるかわかりません。曲がりたい方と反対の足に体重をかける、と教えてくれればいいのに、右に曲がりたい場合は左足に、などというので、曲がる時にとっさに「えーと、こっちに曲がるということは〜」と考えてしまい、間に合わないのです。

私の場合、そもそも「右と左が瞬時にわからない」ので、縦書きもスキーもややこしくなってしまったのだと思います。右は割と右なのですが、左から考えはじめると「あれ？こっちは右だっけ？」となる時があってゴチャゴチャになります。

「お箸を使う手が右手です」という教え方が有名ですが、有名な教え方があるということは、やはり覚えるのが難しいことなのかもしれません。

一番いいのは、お箸がどうのこうのと言う前に、子供の右手を握って「こっちが右」と教える方法だと思います。スキーもゴチャゴチャ考える前に、体で曲がる感覚を掴めば、あとは自然に曲がれるようになったはずです。今さらわかったところで、日常生活の中の「はじめて」はほとんど子供の頃に済んでしまっているのでどうしようもありません。

しかし、私の最大の問題は「体で覚えること自体がうまくできない」ことです。（簡単に言うと運動音痴ということです）。体でピンとこないから「お箸を持つ手は」と頭で考えて補わないとわからないのです。運動だけでなく、方向や距離感など、「広くて大きな感覚」もピンとこないので、大きな絵を描いたり、空間構成をする、ということが苦手です。

大きな作品やインスタレーションを観ると、スポーツ万能の先輩を遠くから見つめるような感覚で、憧れの気持ちがわきます。（スポーツ万能の先輩に憧れたことなんて一度もないけど）。小さな作品や、細かい作品、箱の中に入っている作品を観ると「この作家、運動神経悪そうだな……」と親しみがわき、実際には小さい作品の方がずっと好きです。（言いがかりかもしれません）。

二〇一一／一一／二八

頭を強打した時のこと

子供の時、公園で一人で遊んでいたら、頭を強く打ってしまったことがあります。ブランコの周りの金属パイプの柵の上を綱渡りのように歩いていたら、バランスを崩して下の花壇のコンクリの枠で後頭部を打ってしまいました。

痛いというより、頭からものすごく大きな音がしたことに驚き、「これはまずい」「死ぬかも」と思いました。仰向けに寝転んで呆然としていたら、空に飛行機が飛んでいて、「私だけこんなところで一人で死にそうだ」と、寂しくなりました。

鈴木翁二さんの「じごく」というマンガの冒頭に、飛行機が空を飛んでいるシーンがあります。頭を強打した時に見たはずの飛行機を思い出そうとすると、この

「じごく」の一コマが浮かんできます。強打した音の方は割と具体的に思い出せるのですが、実際に見た飛行機の光景は「じごく」の一コマに置き換わってしまい、思い出すことができません。

頭を打った時の寂しさが、マンガの寂しさと重なって、飛行機の光景が上書きされてしまったのか、何か心の中に踏み込まれるような怖さも感じます。鈴木翁二さんのマンガを読むと、子供の時のふとした寂しさを思い出してしまいそうになるのが不思議です。特に「思い出物語」という作品には、私には死んだ妹なんかいないのにそんなことがあったような、自分が死んだ妹だったことを思い出してしまいそうな気持ちにさせられます。

さて、頭を打った後。しばらくぼんやり寝転がっていましたが、周りに全くひとけがなく、誰も駆け寄って来てくれたりしませんでした。ゆっくり起き上がり、立ち上がって歩いてみたら思ったより大丈夫そうだったので、一人で家に帰りました。

二〇一一／一二／〇一

一一五

頭を強打した時のこと

ユウコと間違われる

大学帰りの京王線が新宿に着く直前、私の前に座っていた母娘が私の顔を見て何かヒソヒソしゃべりだしました。そして突然「ユウコちゃん？」「ユウコちゃんよね？」と話しかけてきました。

面倒だったので、聞こえないふりをして電車を降りたら、母娘も「ユウコちゃん！　ユウコちゃん！」と呼びながら降りてきました。しばらく大きな声で「ユウコちゃん！」と後ろの方から呼びかけつづけられたので、こんなことならはじめにはっきり「違います」と言えば良かったと後悔しました。周りの人はきっと私のことを「母娘を無視しているユウコ」だと思ったはずです。本物のユウコも「私達を完全に無視した！」と恨まれて気の毒です。

私は「聡乃（あきの）」という名前ですが、本当は違う名前になる予定だったそうです。名前の漢字が受理されなかったために、「聡乃」になることになったのですが、違った名前で呼ばれていた時期があると思うと変な感じです。赤ん坊の時の記憶は全くありませんが、呼び名が「聡乃」に切り替わった瞬間に「あれ？」くらいは思ったかもしれません。

名前の「音の感じ」はその人の性格に大きく影響すると聞きました。例えば「ぱぴぷぺぽ」などの破裂音が入っている名前（いっぺいとか、てっぺいとか、たぶんポールとかも）は、呼ばれる度に「ペチンとぶたれるような印象」を受けるため、その結果、「クラスのからかわれ役のひょうきんな子」に育ったりするらしいです。そう言われてみると、「あの名前の人は自己中心的で、みんな似たような性格してるなぁ」と常々思っていた名前もあるので、これはやはり音の影響のような気もします。

それにしても、違う名前で追いかけられる、というのはなかなか恐ろしい体験でした。受理されなかった名前で追いかけられなくて良かったと思います。

二〇一一／一二／〇五

うろおぼえ

大学生の時、家族でテレビを観ていたら、「うろおぼえ」という言葉に関するクイズが出ました。そして、母がそれまでずっと「うるおぼえ」と間違って覚えていたことがわかりました。

それ以来「うろおぼえ」という言葉が耳につくようになりました。注意してきいていると、どうも三分の一くらいの人が「うるおぼえ」と間違えているようです。「うろおぼえ」を辞書でひいてみると「確かでなく、ぼんやりと覚えていること」と出ていました。「うろおぼえ」だと「よくわからなくて森の中をうろうろしている感じ」がしますが、「うるおぼえ」だと「よくわからなくてもう泣きそうな感じ」です。そう考えてみると、それはそれで捨てがたい言葉だと思います。

二〇一一／一二／〇九

アジサイの花の下

大人になってから白いアジサイの花が好きになり、ついでに白以外のアジサイも少し好きになりました。ずっとアジサイの花が嫌いだったので大きな変化です。

近所に生えていたアジサイは、茎のところに茶色の気味悪い斑点がありました。葉の裏には黄色の地味な虫（ツマグロオオヨコバイ）がたくさんくっついていて、頭のところに黒い模様があるので「総武線みたいな虫」だなと思っていました。私は子供の頃から虫が好きだったのですが、住宅街で育ったため華やかな虫がおらず、しぶしぶアジサイの下にもぐってはヨコバイを採っていました。

ある日、いつものように他に採る虫がいなくなり、アジサイの葉を一枚一枚めくっていました。ヨコバイを採りつつ少しずつ下の方の葉をめくっていって、地面すれすれに顔が近づいた時突然、目の前十五センチのところに猫の死体があるのに気がつきました。猫の目にはアリの行列ができていました。

このことがある前からアジサイは嫌いでしたが、これも嫌いな理由の一つだと思います。地面が酸性かアルカリ性かによって花の色が変わる、というのもなんだかとても気持ち悪いし、雨の季節に葉が生き生きするのも嫌です。真ん中のところがゴチャゴチャしている額アジサイ、というのも変だし、近くにいつもドクダミが生えていて、その匂いも苦手でした。

子供の頃はアジサイと言ったら赤青紫でしたが、大人になって白いアジサイを見て、はじめてかわいい花だと気がつきました。酸性かアルカリ性かも関係なさそうですし、白いアジサイはいいなと思います。白で良さに気づいたので、白以外のも「よく見ると」と思った訳です。

ところで、中学生の時に、交通事故に遭い道路で死んでいた猫を素手で拾ったことがあります。ほっておいても良かったのに、気になって手を出してしまったのは、アジサイの下の猫のせいだと思います。

二〇一一／一二／一四

真間川の豆腐

小学生の時に同級生が「真間川を豆腐が流れているのを見た」と言いました。真間川というのは実家の近所を流れている汚い川です。今でも汚いですが、子供の頃はもっと汚くて臭い川でした。その黒い水の中を白い豆腐がソヨソヨ流れている様子を想像するとあまりにも可哀想です。この一言の衝撃が大きく、頭の中が「真間川の豆腐」で一杯になったせいか、その他の情報は全くなしです。忘れてしまったのか、それ以上きかなかったのかも不明です。もしかしたら豆腐はパックのまま流れていたのかもしれません。さらにもしかしたら、この話自体ウソだったかもしれません。

大学生の時、総武線の窓から下を眺めていたら、市川と小岩の間の江戸川で水死体を見てしまいました。既に川辺に引き上げられていて、警官らしき人が二人と発見者と思われる人が二人、死体の横でボ〜ッとしていました。死体を前にすると人は所在なげにボンヤリするらしい、というのは、飛び降り死体を見た時にも感じたことです。救急車が来るまでの間、特にやることがないのでみんなで黙り込んでボンヤリするのです。朝の電車で思いがけず死体を目撃した私は気持ちを持て余してしまい、思わず隣に立っていたサラリーマンに「見ました？」と話しかけたら、完全に無視されました。あの人も絶対に見ていたはずです。

水死体の方は遠目だったので細部はわかりませんでしたが、どちらもうつぶせの女性だったので、飛び降りた女性がそのままの服装で川辺に寝ている姿で思い出されます。さらにこの画像と「真間川の豆腐」がまざってしまい、女性が真間川を流れていくイメージが、やけに具体的です。豆腐のようにつややかな女の白いふくらはぎ。

「真間川を豆腐が流れているのを見た」というのが、全くのウソだったのかも……と考えると心底ガッカリです。でも実際のところ、ウソか本当かはどちらでも良いのだと思います。

二〇一一／一二／一五

突拍子もないウソ

思い返してみると、子供の頃は学年に一人くらいはウソをつく子がいました。誰もがつくようなちょっとしたウソではなくて、もっと突拍子もないウソです。どう考えても現実的にありえないウソとか、一瞬でばれるウソとか、大人は絶対につかないようなやつです。

私が小学生の頃は一学年一五〇人くらいでした。と、いうことは単純に考えると、今の知り合いの一五〇人に一人は、元ウソつきだったと考えられますが、「子供の頃ウソつきだったよ」というのは一度も聞いたことがありません。

たぶん、自分からわざわざ人に言いたいことではないからだと思いますが、そういう告白をされる機会があったら「どうしてあんなウソをついていたのか？」ときいてみたいです。みんなの気をひきたかったからとか、寂しかったからとか、簡単に思いつくような理由ではなくて、もっと突拍子もない理由を期待しています。

二〇一一／一二／二〇

たぶんウソの話

「空き地に犬のしっぽが落ちていた」

「歯医者で、隣で治療していた患者の舌の裏の細い糸のようなものが切れて、舌がクルクルと奥に巻き上がっていった」

「転んで田んぼの中に顔からつっこんだ拍子にオタマジャクシを飲み込んだ」

「ザリガニにザクロをやってみたら、種を残してきれいに食べた」

「二階の窓から校庭の池の鯉を釣った」

「ブランコを速くこいだら一回転した」

「命日にお参りしなかったら、何者かに髪の毛をつかまれて部屋中引き回された」

「子供のウソ」について考えていたら、子供の時に聞いた「たぶんウソの話」をいくつか思い出したので書いてみました。当時は半信半疑でしたが、今考えてみるとたぶんウソだと思います。私は誰から聞いた話かしつこく覚えていますが、本人は覚えているでしょうか。ちなみに一つは私の体験談でウソではありません。

二〇一一／一二／二四

上野と日光で立ち尽くす

メトロポリタン美術館やＭＯＭＡで、「子供の頃から知っている有名な作品」に出会うと、いちいち新鮮に感動します。意外と小さいんだなぁとか、地味だと思っていたのにすごい存在感があるなぁ、とか本物を観ると改めて気づくことがいろいろあります。四方の壁全部にそういうものばかりが並んでいると息苦しくなるほどですが、「衝撃をうけて立ち尽くす」という経験は今までに二度しかしたことがありません。

一度目は幼稚園児の頃、両親に連れて行かれた美術館（たぶん上野の西洋美術館）でキリストの磔の絵を観た時のことでした。この絵は有名な作品ではなかったようですが、「人間が手足を釘で板に打ち付けられる」ということ自体をそこではじめて知りました。こういう怖いものがあって、それを大人が囲んで眺めていて、今日は私も観ていいんだ！　とドキドキして眺めていたら、いつの間にか両親の姿が見えなくなっていました。

二度目は修学旅行で日光に行った時です。ガイドさんに引き連れられて、いろいろ観てまわった他のものは特に覚えていませんが、「眠り猫」は忘れられません。すごい小さい！　かわいい！　小さい！　かわいい！　とじっと見上げていたら、またいつの間にか、よその小学校の生徒に囲まれていました。

どちらもそれ以来観ていませんが、もう一度観たいかというと複雑です。と、いうのも、これも子供の頃に美術館で観て好きになった絵と、二〇〇八年に渋谷のＢｕｎｋａｍｕｒａで再会した時のことです。大人になって改めて観てみると、色が浅く、タッチも雑で、だいぶ乱暴な印象を受けました。記憶に残っているしっとりとした印象とは全然違ったので、「観なければ良かった」とがっかりしました。今でもこの絵が好きで、影響も受け続けると思いますが、それは子供の時に観たあ

二〇一一／一二／二八

東照宮は割と福島で事故が起きた時も、眠り猫はどこにあるのかもわかっているので安心ですが、一度目のキリストの絵は既にどの絵かわからないので気になります。「立ち尽くす」ほどの衝撃を受けることは稀なので、やはりこの二つは特別な作品です。それにしてもタイミングも大切なのだと思います。それでももう一度続けて聴くともう全然ダメになっていることもあるので、ほど心に響くことがあります。絵だけではなく音楽でも、聴いた時の気持ちや場所にピッタリと合って、異常なの絵に対する気持ちです。

近いよなぁとボンヤリ思いました。

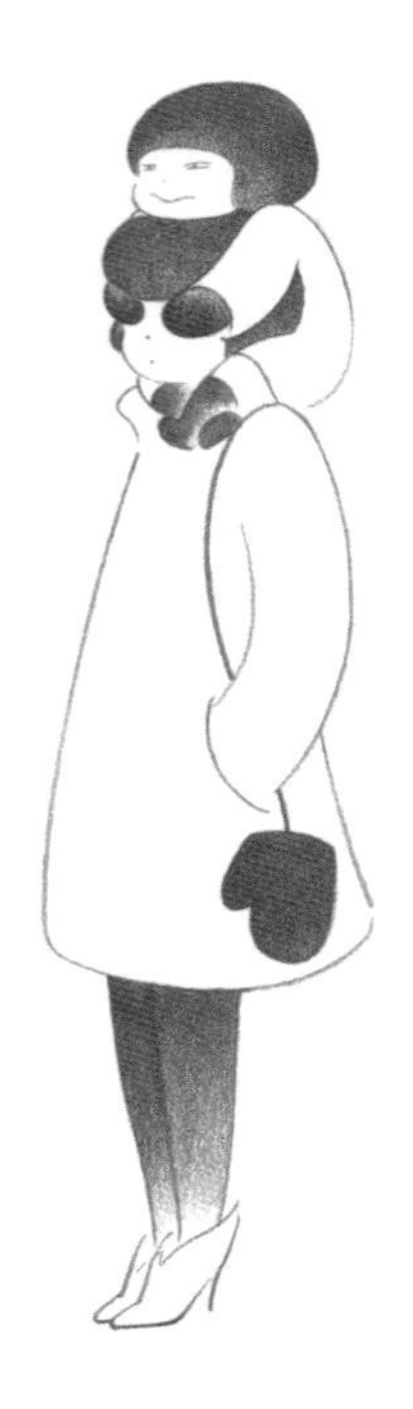

性格がどんどん増えていく

両親を見ていると、「私と似てる」と感じます。（実際には私が両親に似ているんだけど）。容貌のことではなくて性格が、父をみても、母をみても「……これはたしかに血が繋がっている」と感じます。

長所が遺伝しているのは良いことですが、短所もそっくり遺伝しているように思うので、そうなると単純に考えて、私一人で二人分の短所を併せ持っていることになります。いや、一人の中にそんなに短所は入り切らない、それでは私の性格は父母それぞれの二倍あることになってしまう、そんなはずない、けど、たしかに欠点は二倍くらいありそうな……と、そこまで考えて、いや、そもそも「性格に容量はあるのか?」と、「性格の容量」が気になってきました。

父方の祖父母をみるとどちらも父とよく似ているように思うし、母方の祖父母も母に似ていると感じます。ということは父母がそれぞれ二倍ずつ、つまり私は祖父母の四倍の性格がある、ということになります。以前手相占いで、あまりにのっぺりとした私の手相(鉛筆で線を四本ひいただけに見える)をみて「単純で深みがない性格」とみた印象のままの診断をされたことがありますが、その私の四分の一の性格しかない祖父母って一体?　と頭がクラクラしてきます。このクラクラ感は、「宇宙はどこまであるんだろう?」とか「九次元ってどういうこと?」と考えた時の感じと似ています。真面目に考えているうちに、いつの間にか眠ってた、というやつです。

寝ていても仕方ないので私が仮に出した答えは、「性格の容量は無制限だけど、ほとんどの部分は忘れていて、一人一人は同じくらいの性格の量で過ごしている」というものです。つまり、「私は実際に祖父母の四倍の性格を持っているけど、一人分以外の性格を忘れている」、「先祖代々性格が倍の倍の倍にどんどん増えていくけど、そのうちの一人分しか覚えていない」ということです。そう考えるととてつもない忘却の歴史です。そして、これは「記憶の容量」でも同じことではないかと思います。

仮の答えを出すと、それがそのまま結論になりがちなので要注意です。こんなことを考えるより先に、両親の二倍あると思われる欠点を直す方法でも考えた方がいい気もします。今年こそがんばります。

二〇一二／〇一／〇二

ううう

「気が合う外国人」と「気が合わない日本人」との会話からの考察

ニューヨークで暮らしてしばらくたちますが、まだまだ英語でもどかしい思いをしています。例えば「〇〇が好き」という気持ちを伝えようとした時に、日本語だと「あれっていいよね」とか「なんだか好きなんです」とか、「悪くないと思う」「たまらない」「とにかく素敵」とか、それをどういうふうに好きなのか、そのニュアンスを言葉の端々にこめて伝えられるのですが、英語だとそうはいきません。つまり、日本語と英語の表現の幅に差があるのでもどかしく感じるわけです。

もどかしい、で済めば良い方で、本当に困るのが「気が合わない外国人との会話」です。「あたりさわりのない話をする」というのは予想以上に繊細な言葉を駆使するものらしく、日本語でやっていたように「お茶を濁す」のは至難の業です。気まずく黙りこむことが何度もありました。

二年ほど前に、「韓国で生まれ、日本の小学校に通い、中学あたりから英語圏で過ごす」という経歴で三カ国語が話せる人と知り合いました。日本語で会話してみるとたしかにうまいのですが、日本人なら「この人、日本語が母国語じゃないな」と感じる日本語です。自分でも日本語が完璧でないことはわかっていると言うので、思っていることの何パーセントを日本語で表現できるのかきいてみたら「七十パーセント」とのことでした。そして、三つのうち一番得意なのは日本語だとも言っていました。

英語でもどかしい思いをする度に、「日本語だったら一〇〇パーセント表現できるのに」と思っていたので、その人が「常に言葉にできない三十パーセントを抱えて生きている」と知ってなんだか怖くなりました。同時に、その言葉をきいて「私の日本語は何パーセントだろう」と考えるようになりました。そういえば、「デジャ・ヴュの後の寂しいような、何かを思い出しそうな、なんともいえないあの感じ」を表現する「胸がきやきやする」という言葉を知った時、あの気持ちを表現する言葉を知らなかったことにはじめて気がつきました。こういうふうに、気がついていないだけで、まだ何語にもなっていない抽象的なものが意外とたくさんあるのかもしれません。言葉になっている部分となっていない部分の割合がどのくらいなのか想像しても、わからない部分を計るのは難しくてなかなかうまくいきません。

先に、「気が合わない外国人」との会話は難しいと書きましたが、「気が合う外国人」との会話は簡単です。五十パーセントしか言葉にできなくても、「かなり伝わっている」という手応えがあり、むしろ「気が合わない日本人」よりよほど「通じる」と感じます。これを「言葉になっていない部分が言葉以外の方法で伝わっているからである」と仮定すると、「言葉になっていない部分の割合は全体の三十三・三三三三……パーセントより大きい」ということになります。たぶん。

二〇一二／〇一／〇五

A4くらいの角張った座敷童

誰でも一つや二つは「あれは一体なんだったのだろう」という体験があると思いますが、私にもいくつかあります。そのうちの愉快だったものについて。

アニメーションは制作過程で動画（パラパラマンガのような連続した動きのある絵）をたくさん描きます。「てんとう虫のおとむらい」という作品を作っている頃、編集前の動画を入れておくためのちょっとした箱が必要になり、母に空き箱がないかきいてみました。「納戸にあるかも」と言うので、二人で探してみたら、奥にA4より一回り大きめの丁度よさそうなものがありました。取り出して振ってみたら「カタカタ」と何かが入っている音がして、あけてみたら空でした。

思わず母と顔を見合わせて沈黙してしまい、今でもたまに「あれは一体なんだったのだろう」と思い返します。絶対に何かが入っていた手応えがあり、柔らかいものではなくて、「プラスチックの定規か何か」かな、と蓋をあける前の一瞬に思ったのを覚えています。「座敷童を見ると、不思議と怖い気はせず、なぜか幸せな気持ちになる」と聞きますが、私もあの時のことを思い出すと、なぜか幸せな気持ちになるので「A４くらいの角張った座敷童が蓋をあけた瞬間に逃げた」と思うことにしました。

テレビで観る怪奇現象は、ものすごく怖かったり、やけに感動的だったりして大袈裟です。「こんなことは私の人生では絶対おこらない（おこったらやだ）」と感じますが、「A４くらいの角張った座敷童」程度の不思議だったらそのうちまた遭遇するだろうと思っています。実際の怪奇現象（というか、「やや不思議なこと」）はもっと地味だったり無意味だったりするはずです。遭遇した時には「これは一体なんだろう」と考えるけど、「わかんないなぁ」と思っているうちに忘れてしまう程度の不思議だと思います。

こういう話をすると、「私には全くそんな体験はない」と言い張る人がいますが、たぶん忘れているだけです。以前、私が「やや不思議なこと」を話している時に、ふと見たら顔が真っ青になっている人がいました。たぶん全く忘れていた何かを、話を聞いているうちに思い出してしまったのだと思います。きかなかったけど、「やや」ではなく「だいぶ不思議」だったのかもしれません。

二〇一二／〇一／〇九

Dia:Beacon のミミズ

Dia:Beaconはマンハッタンから特急で一時間ちょっとのところにある美術館です。二〇〇四年にはじめてニューヨークに来た際に訪れて、「アメリカってすごいな（広いな）」と驚き、そのまま私のアメリカの第一印象になりました。日本からのお客さんには必ずお薦めする素敵なところです。

そのDia:Beaconは駅から少し坂道を登ったところにあるのですが、その坂道に異常なほどミミズがいます。一回目に訪れた時は雨が降った直後で余計に多かったのだと思いますが、二回目の曇りの日にもたくさんいたので、あそこには絶えずミミズがいるのだと思います。日本では見たことがないピンク色の巨大なミミズで、そこでも「アメリカってすごいな」と思いました。

私は子供の頃から昆虫が好きで、葉の裏や草の間に何かいないか、いつも探しながら歩いていました。その習慣が体に染み付いて、今でも地面や草陰を凝視する癖が抜けません。ミミズにもすぐ気づき、Dia:Beaconへの到着を待たずして、かなり気分が高揚しました。ミミズは嫌いなほうの虫（正確には昆虫じゃないけど）ですが、それでも「たくさん虫がいる」という状態に、虫好きとして興奮しました。

「Dia:Beaconに行って来たよ！」というのを聞く度に、「ミミズがたくさんいたでしょう」と言うのですが、未だに「いたいた！」という答えが返ってきたことがありません。アスファルトの上にあんなに目立つピンクのものが大量にいるのに、ほとんど気づかれていないようです。そういえば、同行した方もあまり気にしていないようだったし、前を歩いていた外国人女性も気づいていない様子でズンズン歩いていました。普段から、ゴキブリなどを見てギャーギャー騒ぐ人を見るのが嫌いなので、いち早く虫を発見した時、特に女性の場合は教えずに黙っていることにしています。そういう人ほど虫の気配に鈍感だったりして、ものすごく際どいところを触ったり、歩いたりするので、いつ気づいて叫びだすかとハラハラします。

いつまでたっても「いたいた！」と共感されないので、最近では「Dia:Beaconに行く」と聞いたら、ミミズを観るようにあらかじめ言うことにしました。虫嫌いでも一見の価値がある光景です。Dia:Beaconを目前に、緊張感を高めるのにも良いので、併せてお薦め致します。

二〇一二／〇一／一一

何も見えない

私は全くお酒を飲みません。たいして強くないお酒をグラスに二杯ほど飲んだら、帰り道で目が見えなくなったことがあり、それで飲むのをやめました。

目が見えなくなった、と言っても実際には数秒だったと思います。動悸がとまらなくて苦しいなぁと思いつつ電車に揺られていたら、プッツリ耳が聴こえなくなり、静かに動揺しているうちに目も見えなくなりました。耳が聴こえなくなって、目が見えなくなるまでの、ほんのちょっとの間に、視界がどんどん変化しました。まず、フルカラーの画像が、オレンジ系のモノトーンになり、白黒のモノトーンになり、解像度がどんどん荒くなり、ドットになり、黒、になりました。うわ！　と思っていると、耳が戻って、フルカラーに戻ったところでドアが開いたので、とりあえず電車から降りました。

錦糸町の駅のホームで気を落ち着かせつつ、人間って機械みたいだなと思いました。真夏に自転車で坂道をのぼって貧血になった時は、紫系のモノトーンになり、そこまででした。モノトーンにもいろいろ種類がある、というのはなんとなく想像できますが、ドットになる、というのがなんだか不思議です。緊急事態で、最低限の状態をキープするために、なくても平気な機能をどんどん切っていったということだと思いますが、その過程が機械のようにシステマチックで、昔持っていたSONYのウォークマンを思い出しました。バッテリーが切れかけてくると、まず赤く点灯していた再生マークのボタンが点いたり消えたりしはじめ、消えて、制御不能になり、音が途切れ途切れになる、という順序で最後は全く聞こえなくなりました。なんだか動物みたいだなぁと思っていたのですが、同じような過程でも人間がたどるとかえって機械のように感じます。

あの時、目を開けたままだったのに視界が黒一色になったので、「何も見えなくなった」と思いましたが、実際には「黒」が見えていたので、正確に言うと「何も見えなくなった」のとは違います。この、「何も見えない」というのがどういう状態なのかをイメージできません。「見えない」だけでなく、「わからない」とか「忘れた」という状態をイメージすると、私は頭の中が「黒」になります。もしかしたらこれには個人差があって、人によっては白とかグレーをイメージしているのでしょうか。そういう人がお酒を飲み過ぎたら、ドットの後は黒でなく、白やグレーになるのかもしれません。

バッテリーは充電できるので、ウォークマンの場合の「聞こえなくなった」というのが、「黒」と「何も見えなくなった」のどちらにあたるのかは、少し迷うところです。ただ、ウォークマンが息も絶え絶えに音楽をきかせてくれる様子はなんだか良いもので、ついつい完全に切れるまで聞き切っては、シーンとしたところで「しんみり」を味わっていました。この時、「眠った」のではなく「死んじゃった」と感じていたので、「聞こえなくなった」というのは「何も見えなくなった」というのに近い、ということにしようと思います。

二〇一二／〇一／一四

何も見えない

マンガの描き方

はじめてマンガを描いた時に、「こんなものを読む奴は絶対におもしろいマンガを描けない」と意地を張って、「マンガの描き方」の本を読みませんでした。そんな訳で、第一作は基本サイズの27×18センチではなく、謎のサイズと比率になってしまいました。スクリーントーンがカッターで削れるということもずいぶん長いこと知らなかったので、トーン貼りは「個人的マンガの手順の面倒臭いことランキング」第一位でした。（ちなみに第二位は、ペン入れをした後に下描きの鉛筆を消しゴムで消すこと、でした）。

マンガ専用の原稿用紙（印刷に反映されない薄い青で、断ち切り線と基本枠、上下左右にメモリが印刷されているという親切な紙）を買うことで、サイズ問題を受動的に解決し、トーンを使わないという奥の手で、トーン問題も切り抜けました。

一応、解決しているのでもうどちらでもいいのですが、今思うとバカな意地を張る必要は全くなかったと思います。しかもコッソリ立ち読みをしたこともあるので、実際には意地すら張り切れていませんでした。

こんなことを言うと怒られそうですが、実は今でも「見開きページの描き方」を知りません。今はコッソリ立ち読みしなくても、ネットで検索したら一発ですが、これは知ったところでやらないので、調べていません。マンガを描く前から、マンガや絵本の見開きページの絵が、本の綴じで変になっているのが嫌いでした。たぶん、ダイナミックに見せるためや、広さ（広さの中の小ささ、とか）を表現するために見開きにしているのだと思うのですが、私は真ん中の綴じにどうしても気をとられてしまいます。線の美しさなどが綴じで台無しになっている見開きを見ると「一体なぜなんだ！」と思います。

ついでなので言ってしまうと、基本枠を超えて断ち切り一杯まで絵を描くのもあまり好きではありません。数カ所ならいいのですが、ほとんどのページ（しかも四方）が断ち切りのマンガをみると「一体なぜなんだ!!」と机を叩きたくなります。

マンガは俳句のようにルールがあるもので、それを踏まえて工夫するのがおもしろいところです。ほとんどのページが断ち切りというのは、五七五の全てで字余りしているようなものではないでしょうか。

いろいろ好き勝手に言いましたが、一年に数回しかマンガを描かない者の趣味の問題です。きっと見開きや断ち切りには、私にはまだわからない意味や効果もあるのだと思います。マンガを描く度に「もしかしてインク腐ってる？」と臭いを嗅いでいるようでは、マンガのルールを踏まえて工夫をする以前の問題です。

「ラフの状態から原稿用紙に直接下描きする前に、もう一枚別の紙に割と厳密な下絵を描き、それをトレース台を使って、鉛筆でなるべくうすーく原稿に写し取り、そこにペン入れする」という面倒な方法で「ペン入れをした後に下描きの鉛筆を消しゴムで消す」という面倒を解決しました。うすーく描いているので、練りゴムで一瞬で消せます。

二〇一二／〇一／二〇

インク壺にペン先をひたす快感を
君は知っているか？

風船を放したこと

今思い出せることの中で、具体的に場所と時期がわかっている一番古い記憶は「兄の幼稚園の運動会を見に行った時のこと」です。兄は三つ年上なので、二歳の時の記憶です。

その運動会の最後に、幼稚園の庭から子供が全員で（その場にいた園児以外の子も）風船を飛ばしました。今は環境に悪いということでやらなくなったようですが、当時は「子供が一斉に風船を空に飛ばす」というのは一般的なイベントだったと思います。

親に抱えられて園庭の真ん中に行き、風船を渡されて喜んでいたら、「今日は放すのよ」と言われました。見上げると、空に色とりどりの風船が飛んでいました。このイベントは私が園児になった時も継続されており、その時は風船に手紙と花の種（たしかヒマワリ）をつけて飛ばしました。あの時、兄の風船には手紙と種がついていたのかもしれません。

この時のことを思い返すと、空に飛んでいるたくさんの風船が頭に浮かびますが、実際にこれが強く記憶に残ることになったのは、その光景がきれいだったからではないと思います。ほとんどの子供はそうだと思いますが、私も子供の頃なぜか風船が好きでした。それでたまに親に頼んで買ってもらったのですが、その時に必ず言われたのが「放しちゃだめよ」という言葉です。上を見ると、必ずどこかに誰かが放してしまった風船が飛んでいるので、子供心に「糸を放したらもう帰ってこない」と緊張しました。「今日は放していい」ということへの驚きとうれしさで、この出来事が忘れられなくなったのだと思います。

結局、私が飛ばした手紙の返事は届きませんでした。何人かには返事がきたので羨ましくて、私のはどこにいったんだろうと、どこかをフラフラ飛んでいる風船を想像しました。「天空の城ラピュタ」のエンディングで、大木が飛行石と一緒にどんどん空へ宇宙へ昇って行くところを観ると、風船を放したことを思い出します。

二〇一二／〇一／二三

応用の仕方を知りたい

しばらく前のことですが、絵がとてもうまいミュージシャンの方が「絵が描ける人は音楽も作れるはずだ」と仰っているのを聞きました。君にもたぶん作れるよ、と続いたのですが、私は自分に音楽が作れるとは全く思えなかったので、黙り込んでしまいました。私の納得いかない、という顔を見て、「つまりね」と例え話まで出して「どうして絵が描ける人は音楽も作れるのか」を丁寧に説明してくださったのですが、その例え話も隅から隅までさっぱりわかりませんでした。（なぜそれが、この説明の例えになるのか、そこのところの関連性さえわからなかった）。

私は普段、「これはいい」とか「それをやってはダメ」とか、自分なりの基準で絵を描いています。こう言うとまるで、しっかりと文章になったマニュアルでもありそうですが、そうではなくて、自分としては確かだけどいざ言葉にしようとするとなかなかそうもいかない、というようなものです。つまり漠然としているので、お腹がすいたとか、頭が痛いとか、面倒臭い、とかちょっとしたことで判断が狂いがちです。

このミュージシャンの方の音楽と絵には共通の雰囲気があり、「音楽と絵の二つ別々の基準がある」というより、「一つの共通の基準」に沿って作られているように感じます。私の基準は絵にしか使えない基準ですが、この方の「音楽を作る基準」は「絵にも応用がきく基準」なのかもしれません。でもたぶん、その基準も、他人に説明しても何がなんだかさっぱりわからないくらい言葉になりにくい、でもこの方にとっては確実なものなのだろうと思います。絵と音楽だけではなくて、数学者でもあった「不思議の国のアリス」のルイス・キャロルのように、「文学に応用できる数学の基準」というのもあるのかもしれません。

音楽、数学、文学のどれも全く手の届かないところにあり、憧れることしかできないように思えますが、「応用がきく基準を持っている」のではなく、「基準を応用する方法を知っている」と考えるとちょっとは可能性がみえてきます。一人でやるとできなかったり、できるようになるまで時間がかかったりすることも、できる人がちょっとコツを教えてくれると、すんなりできるようになることがあります。誰かが私に「絵の基準を他に応用するコツ」を教えてくれたら、もしかしたらどうにかなるのかもしれません。ただ、「人に大人しくものを教わる素直さ」と「人がものを教えてあげたくなるような人柄」の両方に、自信がありません。

二〇一二／〇一／二七

クリスティーナを探せ

ニューヨークに住みはじめた時、まずは観ておこうとＭＯＭＡへ行き、エスカレーターで五階へあがったところで、アンドリュー・ワイエスの「クリスティーナの世界」を見つけました。

展示室にあったのではなく、エスカレーターの脇の通り道に掛かっており、「こんな道端にクリスティーナを掛けるなんて……（ＭＯＭＡってすごいな）」と思いました。「クリスティーナの世界」は有名な絵なので、「あの絵が目の前にある」という感動もあったのですが、本物を観れば観るほど「……これは何だ？」と気になってくる、不思議な魅力がありました。

そんな訳でクリスティーナを観るのがＭＯＭＡへ行く楽しみの一つになりました。六階の企画展を観る前に必ず五階のクリスティーナに寄り、帰りがけにまたクリスティーナを観ては「やっぱりクリスティーナが一番だな」と確認するのを繰り返していました。

ある日、エスカレーターで昇ってクリスティーナの壁を見たら、知らない絵が掛かっていました。Morris Hirshfieldという独学の作家の「Girl in a Mirror」という作品だったのですが、これもまた観れば観るほど「……何だこれ？」と目が離せなくなる、ものすごいインパクトのある絵でした。（ああいうふうに女性を描く人を他に知らない）。クリスティーナが観られないのは残念でしたが、これはこれでクリスティーナの壁に相応しい作品に思えました。

クリスティーナに据え置きだと思っていたその壁は、それ以来たまに掛け替わるようになりました。（ちなみに、いつも小ぶりの作品が二、三点展示され、クリスティーナの隣にはベン・シャーンが掛かっていた）。毎回「何だこの絵は……」というものが登場するので、ますます目が離せなくなりました。最近は、George Groszの「The Poet Max Herrmann-Neisse」とMax Beckmannの「Self-Portrait with a Cigarette」が掛かっており、調べていただくとわかると思うのですが、これもまた

「なんかすごいな……」という絶妙な作品です。それにしてもしばらくクリスティーナを観ていないので「クリスティーナを倉庫にしまいこむなんて……（MOMAは余裕だな）」と、寂しくなってきました。

先日MOMAに行ったら、急にルソーの「Sleeping Gypsy」が観たくなりました。「Sleeping Gypsy」がある五階の展示室は、四方に「超有名」な作品が掛かっており、「Sleeping Gypsy」を観ていると背後と左右からものすごい威圧感で圧迫されて、長時間居座れない仕組みになっています。ちょっとそこに居ただけですっかり疲れてしまい、いつもは使わないエレベーターで降りようと奥に入ったら、そこにクリスティーナを発見しました。

「いつからこんなうらぶれたところに……」と絶句しましたが、また一カ所、MOMAの中にクリスティーナの壁を発見しました。今度からあそこも欠かさずチェックしなくてはなりません。MOMAの「何だこれ？」という絵はあの二カ所に集まってきます。

二〇一二／〇一／三〇

電車の中で時々考えていること

今住んでいる家の最寄り駅の手前の数駅はパッと見が似ているため、ぼんやりしていると間違えて降りそうになります。実際に隣の駅で降りてしまったことも二度あります。一度目は二年前の引っ越したての頃で、電車を降りて、階段を降りて改札を出て、もう一度階段を降りて、ちょっと道を歩いたところでやっと気づきました。二度目はごく最近で、改札を出た階段の手前で気がつきました。

最寄り駅は、改札の外に交差点の全ての角に降りられる四つの階段があり、隣の駅は二つしかないので、そこで気づいたのですが、実際にはそこまでの間もだいぶ違います。もし、階段で「あれ、何か変だな」と思ったところで瞬間移動をして、いつもの交差点に降り立ったとしたら「やっぱり気のせいか」くらいに思って、そのままなかったことにしてしまいそうです。

ニューヨークでいつも使っている電車は、日本の実家近くの総武線沿線の雰囲気に少し似ています。疲れて椅子に座ってぼんやりしている時に、「小岩駅」を経由したとしても、最終的にいつもの駅に着いたら、「気のせいか」で済ませてしまうかもしれません。

いつものニューヨークの電車で、いつの間にか日本の実家の駅に着いてしまって、もし降りてしまったらどうしよう、ということを時々考えます。階段を降りて改札を出るあたりで気がつくような気がするのですが、気がついてしまったら、膝が震えるほど怖いのではないかと思います。

そんな時のために、「もし降りてしまったら、落ち着いて駅のホームに引き返し、次に来た電車に乗る」と決めています。でも、もし降りてしまって、気がつかずにそのまま家に着いてしまったら、もうそのまま気づかないと思います。

二〇一二／〇二／〇三

二十年後の皺寄せ

十歳くらいの頃、夕方五時半に時計を見上げ、「夕ご飯まであと一時間半もある。どうやって時間をつぶしたらいいのだろう」と途方に暮れたことをなぜか覚えています。たぶん宿題もやってしまって、テレビも観たい番組がなく、母の手伝いをする気も全くなかったようで、暇つぶしにブロックで遊んでいた時のことです。

二十年間記憶に留まる途方の暮れ方も尋常ではないですが、それよりも「一時間半」に対する感覚の違いに驚きます。昨日も、ちょっと時間つぶしにコーヒーを飲もうとデリに入り、カウンターに座ってぼんやりしていたらあっという間に三十分たってしまい、コーヒーは半分しか飲めませんでした。飲み干すまであと一時間ぼんやりしていられた自信があります。「一時間半」なんて今ではあるようなないようなものなのに、二十年前は絶望的に長い時間だったようです。

私のアニメーションは、一秒が十五枚の絵からできています。「十五分の一秒」というと一瞬のように思えますが、実際に目で見てみるとはっきりとわかる大きな単位です。例えば人物に動作をつける時、十五分の一秒目に動作を開始するのと、十五分の二秒目とでは間合いが変わるため、その人物の感情が全く違うように見えることもあります。十五分の一秒にするか十五分の二秒にするかどうしても決まらないので、とりあえず後回しにしておいて、次の日に一秒ずらしたらピッタリした、など時間の感覚もその時々です。去年の元旦に「あと四分も」作らなくてはならないのに「十カ月しか」時間がないと顔面蒼白になった記憶が未だに生々しく思い出されますが、そんなふうに十五分の一秒のことで頭を一杯にして、約六分半の映像を作るのに実作業だけで一年半かかりました。完成に一年半かかる作品なんていくらでもありますが、アニメーションは単位が時間な分、制作時間とどうしても比較したくなります。凝縮されたような膨張していくような特殊な時間の流れを感じながら一年半を過ごし、完成してからのんきに思い返すと、総括としては「あっという間だったなぁ」と感じるので不思議です。

「時間」とか「人生」というのを頭の中で想像すると「一枚の横長の白い布」が頭に浮かびます。右端からはじまって左に行くほど歳をとっていくというイメージなのですが、アニメーションを作っていた時期は、横からキュッと押し縮められて布に皺が寄っていたのではないかと思います。皺が寄っている分いつもより短くなって、普段よりササっと通りすぎてしまった、という解釈です。そこに皺が寄ったということは、その左右は引っ張られて伸びていたはずです。子供の時に一時間半がやけに長く感じたのは、二十年後のアニメーション制作による皺寄せの「皺寄せ」だったのかもしれません。

二〇一二／〇二／一四

電車の楽しみ

ニューヨークといえば地下鉄ですが、今住んでいる家の最寄り駅は地上にあり、どこか実家近くの総武線の駅に似ています。ニューヨークに来た一年目に住んでいたチェルシーは、マンハッタンの西側にあるギャラリー街で、冬に寒風に吹きさらされながら一軒一軒観て歩くのはなかなか風流ですが、住み心地の良いところではありませんでした。夜は夜で騒がしいし、スーパーの質も最悪で不便だったし、何より、最寄り駅が地下というのがとても嫌でした。

中学から電車通学をはじめて、それも割と長時間通学だったので、電車の中の過ごし方は重要でした。もともと乗り物酔いがひどく、中一の頃は毎朝吐きそうだったり吐いたり辛かったのですが、それを克服したら電車に乗るのが楽しくなりました。学校帰りに総武線に揺られ、景色を見ながら本を読んだり寝たり、駅で降りて自転車に乗り、川沿いを走って橋を渡り、三叉路を下ると家、というのを大学を卒業するまで繰り返しました。駅から三叉路までの自転車で制作のヒントが浮かぶことが多く、今思うとその前の「電車に揺られる」という時間が効いていた気がします。

大学三年生の講評会で「夕方の帰り道のことを考えながら作りました」と言って、「電車かもしれない」というアニメーション作品をプレゼンしました。この時に思い浮かべていたのは、自転車で走った川沿いの道です。電車にはたくさん人がいるのに、どこよりも開放感があり、電車に乗るとなんだか落ち着きました。車内で集中力を高めて、自転車に乗る頃にちょうどピークになる、という流れだったのだと思います。

ニューヨークの地下鉄も好きですが、寝たり本を読むより、音楽を聴くのが一番しっくりきます。音楽を聴いて集中して、さて何か思い出しそう、という時に着いたのが地下鉄の駅だともうガッカリしてしまって、そこで全部台無しです。チェルシーが最後まで好きになれなかったのは、この帰り道のガッカリのせいだと思います。帰り道が自分にとってとても重要だったと気づいたのは、今の街に住みはじめてからでした。

マンハッタンを出て川を越え、クイーンズに入るところで地下鉄は地上に出ます。そこが「お茶の水駅寸前の丸ノ内線」に似た感動があり、このあたりから集中しはじめ、駅に着き、駅のホームから家の方向を観るところで最高潮、というのが今の帰り道での発想の流れです。

二〇一二／〇二／二五

四月のあの匂い

四月の草木の新芽が出る頃に、道を歩いていると臭ってくるあの匂いが、私は好きです。高校の時の同級生があの匂いが大嫌いで、春先は通学時に吐きそうになると言って毎朝グッタリしていました。たしかにちょっと臭いような独特の匂いで、嫌いな人がいるのもわかります。

暖かくなってくると気が緩んで、特になんということもないのにウキウキすることがあります。そのせいか、四月頃になると道端で一人笑いする人や、一人笑いを通り越して針が振り切れる人も出てきますが、あの匂いが何か作用しているのではないかと思います。（と、家族に言ったら「今更何を」という感じに受け流されたのですが、これは一般論なんでしょうか？）

住み始めてわかったことですが、ニューヨークには一人笑いをする人がほとんどいません。私はすれ違いざまに人の顔をジロジロみる悪い癖があるのでよくわかるのですが、日本には「歩きながら一人で笑っている人」が本当にたくさんいます。帰国時にそういう人をみつけると「おお、日本だ」と感じるほどです。私もたまに道端で思い出し笑いしそうになっては、「いけない、ここは日本ではなかった」と我慢しています。日本だったら一人笑いくらい特に気にもとめませんが、ニューヨーカーはたぶん見逃してくれないと思います。

ニューヨークでもあの匂いを嗅いだことはあります。あの匂いには「ものすごい生命エネルギー」が含まれていて、人間が通常もっているエネルギーにそれが加算されて、なんだかウキウキしたり、許容量を超えて笑いだしたりするのだと思います。心の脇が甘くなる四月は気をつけないと、あの匂いにつけ込まれてしまいます。どうやら日本人はあの匂いに弱い、というか同調しやすい人種のようなので、特に気をつけて、四月に笑い出しそうになっても噛み殺した方がいいと思います。

二〇一二／〇三／〇二

謎の記憶

雪の日に、両親のどちらかが押す乳母車に乗せられて、家族で家の前の通りを右折する、という古い記憶があります。先日「具体的に場所と時期がわかっている一番古い記憶」について書きましたが、これはそれよりも古い記憶です。ただ、不思議なのはこの「家族で雪の中を歩いている」という状況を後ろから見ている、という光景で覚えていることです。

後ろからみんなを見ているのに、「あの乳母車に乗っているのは私だ」と思っているということは、どうも現実ではなさそうです。記憶や思い出は時間がたつごとにどんどん曖昧で不正確になっていきますが、この矛盾した記憶が一番古い記憶だというのはたぶん本当です。と、いうのも「『これが覚えていることの中で一番古い』と、幼児の頃に思ったこと」を覚えているからです。幼児の頃は、この出来事からそんなに時間もたっていないせいか、「これが一番古い」ということが感覚的にはっきりわかっていました。今はもう「幼児の時にそう思っていたからそうなんだろう」という方法でしか確認できません。

両親が、私と兄のものとを分けて何冊もアルバムにまとめていたため、赤ん坊から中学生くらいまでの写真がたくさん残っています。子供の頃、そのアルバムを見るのが好きでした。授業で教わったことをその日のうちに復習すると忘れにくいように、子供のうちに子供の頃の自分の記憶を復習していたので、その頃の記憶が鮮明です。中学生頃から写真の枚数がグッと減って、自分で写真を見返すこともあまりなくなったせいか、そのあたりからの記憶の方が密度が薄いように感じます。

そういう訳で、「この記憶が一番古い」という自信はあります。しかし、現実にはあり得ない状況なので、これは「一番古い夢の記憶」かもしれないと思うようになりました。もう一つ思いあたるのは、「これは私の記憶ではなく、兄の記憶だ」

という可能性です。子供の頃、自分のアルバムと一緒に、三つ年上の兄のアルバムもよく見ていました。赤ん坊の頃の兄や、自分と同じ歳の兄の写真も何度も見たので、どこかで記憶が混ざっていたとしてもそう不思議ではありません。「雪の日に、乳母車に乗る私と傍らの両親を、後ろから見ている」という三歳の兄の気持ちに、子供の頃に共感していたのかもしれません。

二〇一二／〇三／一〇

お気に入りの他人の思い出

人の思い出で、たまに「これが自分の体験談だったらいいのに」と思うような羨ましいものがあります。大学生の時に喫茶店で、友達の彼氏から聞いた話が、今までに聞いた中で一番「自分のものにしたい」と思った他人の思い出です。

「真夏にバイクで走っていたら、ヘルメットにパシパシ羽虫がぶつかってきた。虫が多いなと思いつつ走りつづけていたら、バシッとぶつかってきた虫が大きな声で『イテッ』と言った」。

もう連絡がとれない人なので書いていいかの許可もとれませんが、いい話で勿体ないので書いてしまいました。私はオートバイには乗れないのですが、自転車で蚊柱に突っ込んだ時のことを思い出すと、羽虫がパシパシする感じは想像できます。でも虫（たぶん黄金虫だと思う、とのことでした）の「イテッ」という声がどんなふうだったのか、肝心のところが想像しきれないので、「これが自分の思い出だったらいいのに」と、どうしても思ってしまいます。

「２００１年版逆さの思い出」というマンガで、「他人の体験談を羨んで、何回も思い出していたら次第に自分の体験談のような気がしてきた」ということを描きました。このマンガに出てくる「他人の思い出」は、友達の子供の頃の体験談でした。この友達は女性で、そこのところも自分に置き換えやすいし、子供の頃、というのも自分が子供の頃に体験したいろいろな変なことに混ぜてしまうとそう違和感もないので、自分のものにしやすかったのだと思います。「虫がイテッと言った話」の方は、どうも上手くいきません。もし今後、私が本当に虫の声を聞くような機会があった場合、「『イテッ』という声を何度も思い浮かべていたから、聞こえたような気がしただけではないか」と疑ってしまう気がするので、このままで行くともう一生、私には虫の声は聞こえなそうです。

名前はもう忘れましたが、その男性が誰の元彼氏だったかや、その喫茶店が目白にあったことは覚えています。いつどこで誰から聞いた話かも思い出せないくらい時間がたったら、自分の思い出にできるのかもしれません。

二〇一二／〇三／一六

深刻だけど悩んでいない

子供はいろいろな勘違いをしているものですが、私の子供の頃の勘違いで大規模なのは、「ベランダから見える向かいのマンションを、自分が住んでいるマンションだと思っていたこと」です。

よくベランダから通りを見たり、シャボン玉をしたりしていたのですが、そんな時に向かいのマンションを見て、「なんで玄関の作りがいつもとちょっと違うんだろう」と思っていました。向かいのマンションは階数も違うし、玄関の向きも違うし、そもそも別の建物だから違って当たり前なのですが、「まあ、気のせいだろう」くらいに思って適当にごまかしていました。自分の住んでいるマンションのべランダから見ているのに、「あそこがうちのマンションだ」と勘違いした理由も理屈も全くわかりません。

もう一つ、子供の頃よくわからなかったのは、電車の進行方向です。なぜ、行きの時に電車に乗ったホームと帰って来た時に降りるホームが逆なのかがわかりませんでした。「電車の線路は輪になっている」と思っていたことも勘違いの根底にあるのですが、このホーム問題も「まあ、いいか」くらいに知らんふりしていました。

子供ならいいのですが、実は、中学高校の電車通学で六年間利用していた地下鉄日比谷駅のホームで、「電車がどちらからやって来るのか」がはっきりわかりませんでした。朝、こっちのホームに着いた時はたしかこっちから歩いてきたから、こっち？　でも乗る電車を待っている時は左を向いていた、ということはやっぱりこっち？　という感じでなんだか自信が持てないのです。

今でも、「電車の前の方と後ろ方のどちらに乗ると、乗り換え口に近いのか？」がよくわかりません。これも通学で六年間使った六本木駅なのに、日比谷線の先頭と後ろのどちらに乗ると、森美術館に近いのかがどうしても覚えられませんでした。

学生の時とルートを変えたせいもあり、そもそもホームで日比谷線を待つ段階で、左右どちらから電車が来るかが自信がないために、どちらのホームの端で電車を待っていればいいのかすら、しばらくの間わかりませんでした。いつになっても感覚的にパッとわかるようにならなかったので、あきらめて最終的には語呂合わせで覚えました。さらに、六本木の数駅先の中目黒にあったミヅマアートギャラリーに行く時は、前と後ろのどちらに乗ると階段に近いのか？　ギャラリーから森美術館に行く時は電車のどこに乗れば便利なのか？　私にはややこしすぎるので、もう考えようともしませんでした。これは地下鉄の場合だと特にひどく、ニューヨークの地下鉄のホームで予想と反対の方向からふいに電車が来てビックリすることがよくあります。

駅の表示を見たり、人より長く歩いたり、家を早めに出れば特に支障はないので、今までなあなあでやってきました。「ちょっとこれはいくらなんでもまずい」という自覚はあり、人と比べたこともないのですが、かなり深刻な方向音痴だと思います。向かいのマンションに対する勘違いも方向音痴のせいでしょうか。あそこで適当にごまかしていたから、改善しなかったのかもしれません。

二〇一二／〇三／二三

ネズミのぬいぐるみ

五歳くらいの頃、野原でネズミのぬいぐるみを拾って、母親に見せたら叫び声をあげました。捨てなさい、というので捨てたのですが、あれはネズミの死体だったようです。

自分できちんと「死体だ」と確認はしなかったのですが、たぶん死体だったのだと思います。大人になると遠目でも死体とわかるのに、五歳だと触ってもまだぬいぐるみだと思っていました。この時ネズミは二匹落ちていて、私につられて拾った一つ歳上の男の子は一瞬「あれ？」と躊躇していました。「あれ？」と疑うくらいの観察力が、五歳から六歳の間でつくようです。七歳の子供だったら、もう拾わなかったかもしれません。

「すごく良く描けた」と思った絵を数年後に見返して、「なぜこれで、すごく良く描けたと思ったのだろう？」と思うことがあります。その間に趣味が変わったというより、目が良くなって悪いところが目につくようになったからなのですが、これは今でもよく体験します。音楽や料理に関して、「数年前は良いと思ったのに、今はもう全然だめだ」と感じたことはありません。たぶん耳と舌をいい加減に使っている分、鑑賞力に伸びがないのだと思います。同じミュージシャンでも、数年前と今とではものすごい力量の差があるのに、私のいい加減な耳で聴くと大差ない、ということになっているかもしれなくて、そう考えると申し訳ないような気がします。

それに比べると目は良くなっている実感があり、作品も目に合わせて上げようとしている分、だいぶ前の作品を褒められてしまうとギクリとします。単純にその作品を褒めてくれているだけでも、「では今の作品は一体どうなんだろう」と気になってきて、目の力がどうのこうのという以前に何か勘違いがあるのかも、と根底から覆されるような衝撃があります。

高校三年生の時にはじめて描いた「女子校生活のしおり」というマンガを読み返

すと、ヘタさにヒヤリとしつつ「これが今までで一番良い作品かもしれない」と思います。とにかく力不足で「描けない絵」がやたらと多く（手足とか風景とか）、ストーリーに合わせた絵を描くだけで一苦労だったのですが、一週間でなんとか仕上げた情熱による説得力のようなものがあります。「目が良くなる」というのは、巧いヘタを見分けられる、という意味だけではないつもりですが、目が良くなってもなかなか出せない良さ、というものもあります。

『はこにわ虫』という私のマンガ単行本の解説で、林静一さんが「作家は、その処女作に、その作家の生涯にわたる主題を書き記していると言う」と書かれています。「生涯にわたる主題」がなんなのかはわかりませんが、あのマンガにはそれがあるような気がします。

二〇一二／〇三／三〇

睡蓮の裏側

私は絵が仕上がると、裏側にタイトル、制作年、サインを書き、その傍らにちょっとしたイラストを添えています。いつもお願いしている額装屋さんは、裏面にアクリルの小窓をつけて、サインとイラストがそこからのぞく仕様にして下さいます。それがちょうど、ドールハウスの窓から部屋の中を覗きこむようで、これは作者と所蔵者の間の秘密の通信だな、と思います。円形の作品を描いた時にサインを逆さまに入れてしまい、「うっかりしてましたスミマセン」というようなイラストを描いたのですが、所蔵者の方はあれを見てちょっとは笑ってくれたでしょうか。

以前ISCPというプログラムに参加していた時に、フィールドトリップとして、十数人の作家とスタッフとでMOMAの修復室の見学に行きました。修復室はMOMAシアターの建物の上階にあり、普段は「作品」として展示室に並ぶものが、いろいろな道具に囲まれて普通の部屋にあると、今そこで作られているようで新鮮でした。いくつかの部屋を見せていただいた後、何か説明を聞いている時に奥の方をふと覗いたら、イーゼルに乗った「壁に掛かっていない」モネの睡蓮が、私からほぼ真横の位置にありました。説明を終えたスタッフの方が「何か質問は？」と言うので、手を挙げて「睡蓮の裏側を見せてください」と頼んだら、困った顔で断られてしまいました。

まだニューヨークに来てそれほどたっていない時期に、大勢の外国人の前でヘタな英語で頼み事をする、というのがどれほど勇気を振り絞った行為だったのか、日本人ならたぶんわかると思います。それほど本気で「睡蓮の裏側」が見たかったので、断られるとますます「裏に何かあるのでは」と見たくなってしまいました。

とにかく「見られなかった裏側」に気をとられて、それ以外のことはほとんど忘れてしまいました。それからちょっとしてMOMAで睡蓮の企画展があり、本当に美しかったのですが、やはり「あの時、裏を見せてもらえてたら……」と未練がまだしく思ってしまいました。サインは表に入っているので裏にはなさそうですが、モネが絵の具で汚れた手で触った痕跡、くらいあるかもしれません。見たところでどういうことでもないですが、見られるのなら見てみたいです。やっぱり作者と所蔵者の秘密なんでしょうか。

二〇一二／〇四／〇六

水漏れを止めた少年

小学生の頃は毎月届く学研が楽しみでした。次の号が届くまでの一カ月、何度も読み返すので内容をほとんど覚えてしまい、本当に勉強になったな、というか学研の知識で今までどうにかこうにかやって来たような気さえします……。

その学研に載っていた話で特に気に入って繰り返し読んだのが、「堤防の水漏れを止めた少年の話」です。どこかヨーロッパの国の少年がある日、夕方家へ帰る途中に堤防の脇を通りかかると、小さなヒビから水がチョロチョロと漏れているのを見つけます。あ、と思って指を突っ込んだら止まったものの、指を抜く訳にいかずに困っているうちに、穴が少しずつ少しずつ広がってきて、指を二本、三本、手を全部、と差し入れていきます。二の腕まで突っ込んでグッタリしているところを、少年の帰りが遅いのを心配した母親と村人に発見されて、「村を浸水から救った少年」として褒め讃えられる、という話でした。

この「腕を堤防に突っ込んでグッタリする少年」の挿絵を、「なんかいい」と思って見ていたのですが、これは今思うと完全に「萌え」という気持ちだったと思います。今でも、水につかって眠っている、うっとりしている、という光景には何かグッとくるものを感じますが、この堤防の話がそれに反応した最初の体験でした。

水につかって死んでるような生きてるような、といえばグッときますが、ジョン・エヴァレット・ミレイの「オフィーリア」です。あの絵を観るとやはりグッときますが、国際的、歴史的に大勢のファンがいる名画なので、私だけでなく人間には「水につかってうっとり（ぐったり）しているものを見ると萌える」という習性があるようです。さて、それはどうしてか？　と問いかけると「それは胎児の頃の羊水の記憶が……」という説が必ず出てきますが、どうも納得いきません。何かもっと、はっとして心を鷲掴みにされるような萌える理由があると思います。

二〇一二／〇四／一二

お腹が痛いのか、胃が痛いのか

たまに、こめかみの上あたりに五寸釘を打ち込まれるような痛みがあります。つい先日もそこがズキンとしたので、「またいつもの頭痛だ」と言ったら、「それは偏頭痛というのだ」と教えられました。

偏頭痛という言葉自体は知っていましたが、自分の頭痛が偏頭痛だとは思っていなかったので、ちょっとショックでした。そして、そう言えば小さい頃は、お腹が痛いのか、胃が痛いのかがわからなかったことを思い出しました。「おなかがいたい」と訴えると、「おなか？　胃？」ときかれるのですが、おへそを中心としたあたりを全体的に「おなか」と思っていたので、「？？？……とにかくいたい」としか言いようがありませんでした。

それでも子供はまだましで、赤ちゃんはもっと大変です。お腹がすいたり、おしっこをしてお尻が気持ち悪かったり、寒くて泣いている時も、たぶん本人はなぜ自分が泣いているのか全く何が何だかさっぱりわかっていません。とにかく何かが「嫌」なのですが、「嫌」という言葉自体も知らないので、漠然とした不安の中でものすごく切羽つまっているはずで、「嫌」というより「怖い」かもしれません。

大人になると、いろいろな「なんだか嫌だ」を、それぞれがどういう状態なのか、その状態を何というのか知っていて、「眠い」とか「面倒臭い」とか「疲れた」とか細かく訴えられるので楽です。言葉は本当に道具なんだなと思います。

でも大人になっても「なぜだか好きだ」とか「なんとなく嫌な予感がする」とか、うまく言葉にできない部分があります。そういう状態を言葉で表現しようとしていないか、その言葉を知らないか、その言葉自体がない、ということなのですが、そういうことの方がなんだか気になります。

二〇一二／〇四／二三

お腹が痛いのか、胃が痛いのか

顔で「YES」と言う

ニューヨークに住んでみてはじめて、「日本って日本人ばっかりいるんだな」と気づきました。ニューヨークはいろいろな国の人が混ざり合って住んでいて、道を歩いているといろいろな種類の言葉が聞こえてきます。英語で話しかけても通じないこともあり、こちらの英語が変だったのか、あちらの英語力のせいなのかちょっと微妙、ということも何度もありました。

そういう経験を繰り返すうちに、「相手の言っていることをなんとなく聞く」ようになってきました。はじめの頃は「なんとなく」もわからないので、「日本語のように全部聞けたらいいのに」とがっかりしていたのですが、だいぶ聞き取れるようになってくると逆に「なんとなく」でもなんとかなるようになってきました。そして、日本語の会話も「全部は聞いていない」ことがわかりました。

例えば、「午後は雨が降りそうだから傘を持って行った方がいいよ」と言われた時、「午後」「雨」「傘」だけ聞いていれば、その他の部分を「なんとなく」聞いていても、内容は想像できます。直接の会話の場合は相手の表情などから確認することもできるので、ほぼ外れません。「全部聞いている」のではなくて、実際には相手の言うことを、「想像している分」と「なんとなく聞いている分」を合わせると、それが相手の言うことにほぼ当たるから、「全部聞いていたような気がする」のだと思います。短いセリフだと相手の言葉を鸚鵡（オウム）返しにできますが、長いセリフだとできないのは、覚えられないというより、内容以外の細かい部分を「なんとなく聞いている」からではないでしょうか。

日本語ほど語彙がない分、私が英会話で想像できる分量は少なく、全部理解するには「なんとなく」ではなくて「がんばって」聞かなくてはなりません。それには予想以上に集中力が必要で、長時間英語で話していると突然プッツリ聞き取れなくなることがあります。お腹がすいている時や、機嫌が悪い時もビックリするくらい英語がわからなくなります。私がニューヨークでもなんとかなるようになったのは、想像できる量が増えた分、「ＹＥＳ」と「ＮＯ」の大筋を外さなくなったからで、「全部聞ける」ようになったからではありません。ニューヨークの人はお互いの言葉がわからない状態に慣れているせいか、ＹＥＳかＮＯの大筋が合っていればまあいいか、という感じで、なぜＹＥＳ又はＮＯなのかその詳細ははじめから聞く気なし、という態度が透けて見える人がよくいます。「なんとなく聞ける」というのは「なんとなく聞き流す」ということでもあるので、癖にならないように気をつけたいです。

先日コーヒーを買った時、「レシートはいるか？」ときかれたので「ＹＥＳ」と答えたのに、もらえませんでした。たぶん「ＹＥＳ」という短い言葉すら聞き飛ばされてしまって、私の「ＮＯ」的な顔（無表情）から、「ＮＯ」に判断されてしまったのだと思います。これからは「すごく欲しい」という顔で「ＹＥＳ」と答えようと思います。

二〇一二／〇四／二八

十三歳の誕生日

私は今三十一歳で、それぞれの時期を、幼児、幼稚園児、小学生、中学生、高校生、大学生、日本の社会人、ニューヨークの今、とするのがわかりやすい区分けです。文中でもその表現をよく使っていますが、個人的には、十三歳の誕生日を境とした「子供」と「子供でない」の二分割が一番しっくりきます。

子供の頃は誕生日というとものすごく特別な日のように感じていましたが、最近ではあるようなないような日常の一部です。どうでもよくなる直前の、最後の印象的な誕生日として印象に強く残っているのが、十三歳の誕生日でした。五つ年上の従姉妹がくれた手紙の「十三歳になりましたね。おめでとう」というところを読んだ時、なぜだかよくわかりませんが「子供でなくなった」と感じて「子供でない」時期にスルリと移行して、そのまま今に至ります。

学生でなくなったり、ニューヨークに住み始めたことの方が大きな変化のように思えますが、あの時ほどの「移行感」はありませんでした。二〇一一年三月十一日の地震とそれに続く原発事故にも「帰るところがなくなった」とショックを受けましたが、それでも次の何かに移行しないまま日常を送っています。この調子でいくと「子供でない」時期が増えるばかりです。もしかして子供を産んだりすると「大人」へ移行するのかもしれませんが、それなりに変化も刺激もあったはずの十三〜三十一歳も、「のっぺりした一枚の布」のようだったと感じられるので、出産してもそのままのっぺりしてそうな気もします。ニューヨークでの制作について、報告や言い訳をするつもりでいろいろ書き始めましたが、読み返してみると、二十年以上前の子供の頃のことばかり書いていて、移行の兆しが見えません。

無意識に作品に心境が滲み出るように、無理に今書かなくても、そのうちニューヨークのことや、3・11のことばかり書くようになる気もします。また訳のわからないタイミングで突然次に移行するかもしれないし、作品にジワジワと影響が出て来た頃に「もう既に何かに移行していた」ことに気がつくかもしれません。三十一歳の今現在、十三歳以下のことばかり考えているので、今のことが表に出てくるのは二十年後くらいでしょうか。それともやっぱり十三歳以下の「子供」の頃は特別なんでしょうか。

二〇一二／〇五／〇一

ももこも
みもふたも

近藤聡乃

カギ
カギ
カギ

とても悲しいこと「うれしいこと」があったのですが
黙っていることにしました。
一、悲しい話「うれしい話」
平常心
グッ
平常心

KEY FOOD
こういう時こそ平常心

…頭の中に
白い布を思い浮かべて
カタ
それを──
パ

こうして
ピーーーーンと…
……
ピーーン
このまま…
ス
ス
ス
パチン

その娘は
……
ピーン
母親に何かあったらしいことに薄々気づいていましたが、
そのまた娘の頃には、何もなかったのと同じことになりました。

そして、そのまた娘が ある時
はあさく
それが悲しいことだったのか、うれしいことだったのか、
思い出そうとしたのですが、
どうしても思い出せませんでした。
……
いえ、本当は
その出来事が、誰かに思い起こされることは
一度もありませんでした。
THE NE
ST
あんなに悲しく うれしかったのに
よし
風呂ふき大根だ
本当は明日のオカズを考えてた。
完

神妙な顔で話し出すので
どんなに重大な話かと大人しく聞いてみたら
びっくりするくらいどうでもいい話でした。
……
二、思い出話
プッ
パタ
クスクス
ペタ

クス
クス

どうでもいい話

あってもなくてもいい話

忘れることすら面倒くさい

なんだか腹がたってきたので
ところどころにウソを織りまぜて
日記につけておきました。
ス
パチン

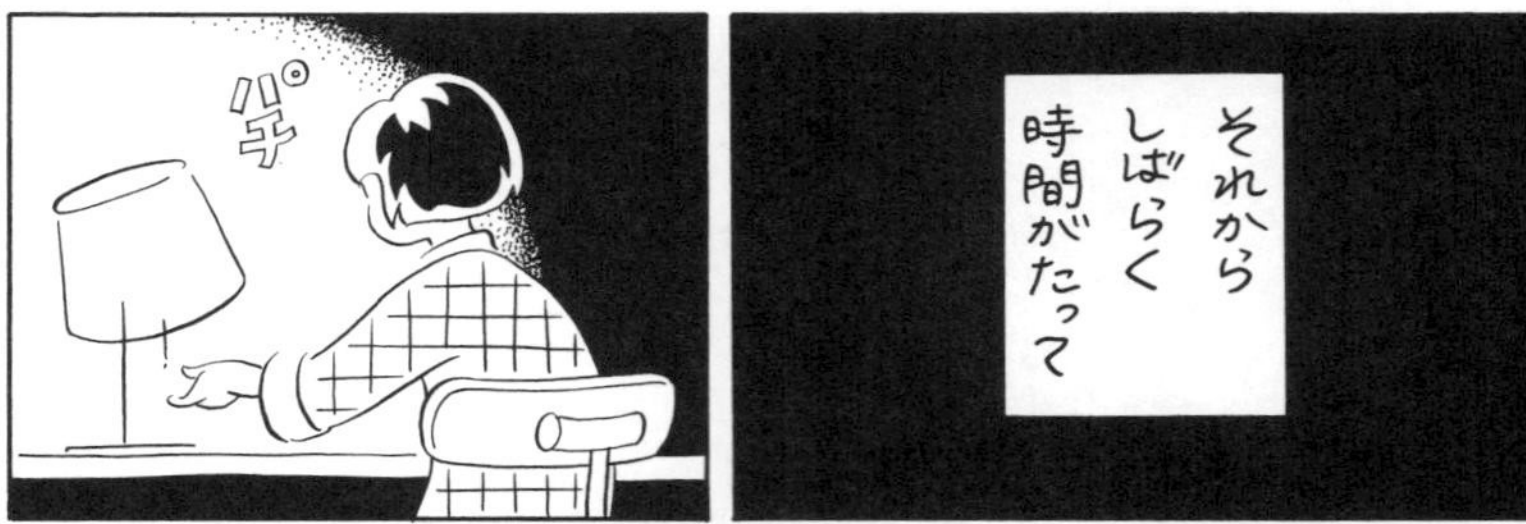
それから
しばらく
時間がたって
パチ

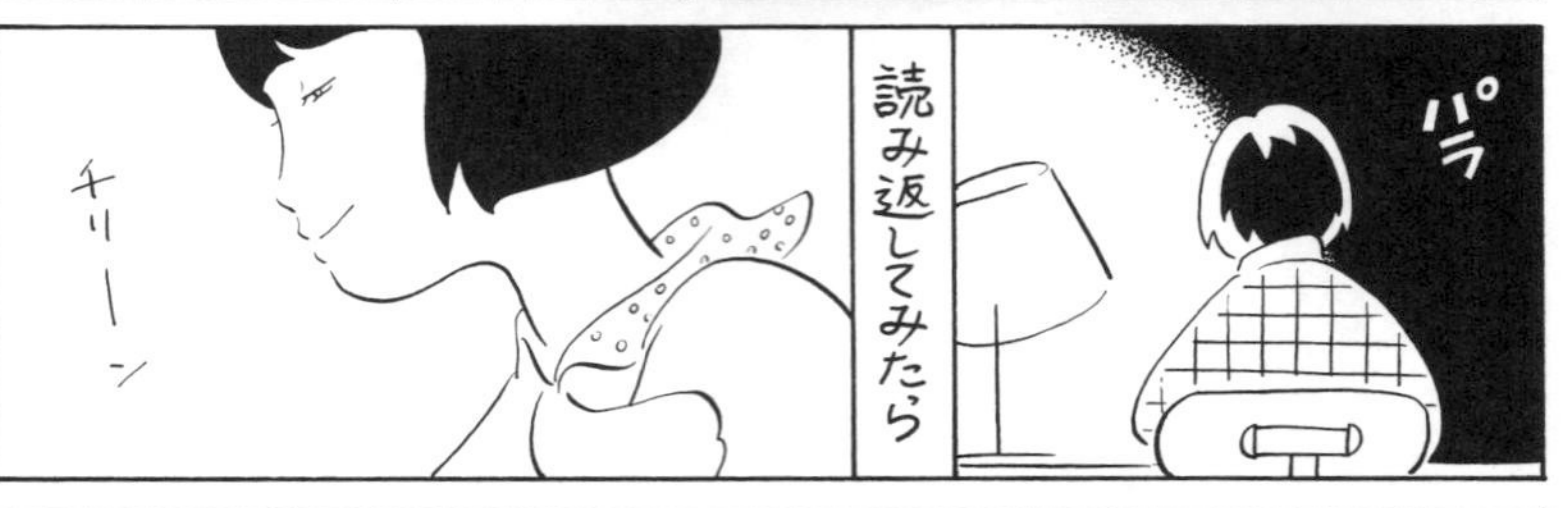
パラ
読み返してみたら
チリーン

そういえば
そんな話もあったな、と
懐しくなりました。
完

三、おしまいになった話
ポン
ポン
ポン
ポン
ポン
スイカ特売
ちょっとした油断で
「これは一生忘れられないだろう」という程、傷ついてしまいました。
ポン
ポン
ポン
ポン
ポン
ポン
ポン
ポン
…コレだ
スイカ特売
重い
マイドアリ～～
忘れたい

忘れたい
肌寒い
忘れたい
カギ
カギ
カギ
みつからない
忘れたい
決まらない
忘れたい
止まらない
忘れたい
寒い
忘れたい
どうにかして忘れたい
と、ずっと思っていたのですが
ああ、もう
やはり忘れられないうちにどんどん歳をとって
眠い……
そのままおしまいになりました。
完

四、わからない話
ああ、もう…
終わりにしたい話があったので、死ぬ時には少しほっとしました。
これでやっとおしまいだ…
その娘は
母親がそんなことを思っていたなんて、全く知りませんでした。

しかし
ここからが予想外で――
そのまた娘は
ホッ
何か終わりきらない気分で生まれてきました。
ポン

カ
さらに、その娘ははっきりと
グッ
「これでは終わらない」と、
パン
あけられない
あーん
感じるようになりました。
ギ

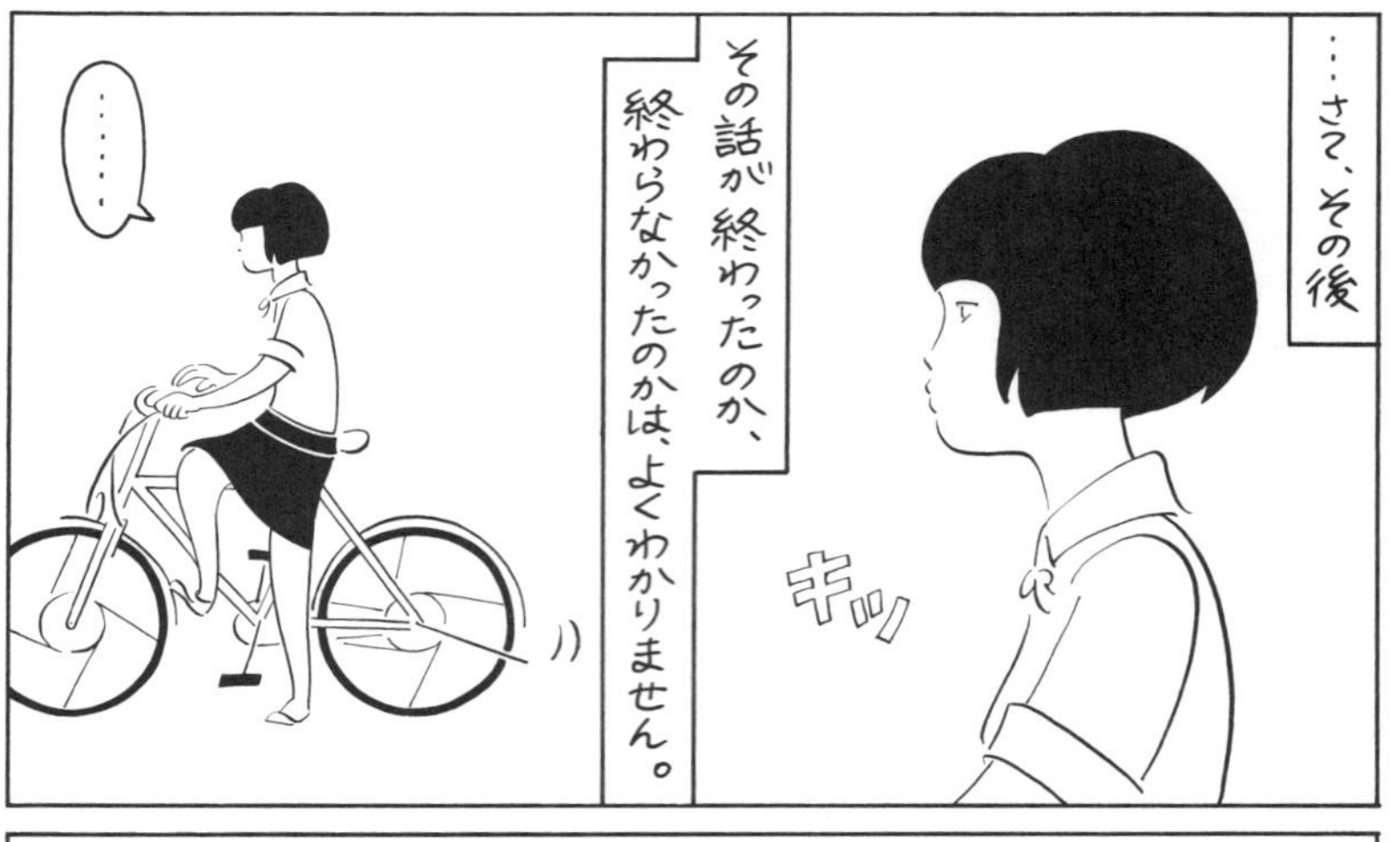
…さて、その後
キッ
その話が終わったのか、
終わらなかったのかは、よくわかりません。
……

と、いうのも途中に
子供を産まなかった人が
一人いたからです。
チリーーン
完

五、もったいない話
実は
子供の頃から知っている 秘密の話があります。

ス
タッ
ピシ
ピリ
秘密にしておいた方がいい話で
秘密にする価値もあるように思えたので余計に
ポリポリポリポリポリポリポリ
いつか誰かに話してみたいと思っていました。

一人だけ
……
ピーン
大根
この人にならと思ったこともあったのですが
時機を見計らっているうちに
……
……
なんだかもったいなくなったので
話すのをやめました。
ポリポリポリポリポリポリポリポリポリ
ポリポリポリポリポリポリポリポリ

さて
ドサ
どんどん時間がたって
ガチャ
今にも死んでしまいそうな時、
ビュ
やっぱりもったいなくなって
ポリ
娘に素早く耳打ちしておきました。
完

最終話、
穴
スー
どうも何かが気にかかります。
トン
…

ビュ
昨日起こった
何かのことだっけ?
母から聞いた
何かだったっけ?
ス
祖母から聞いた
そのまた祖母の
何かだったっけ?
自分の話だったような、人から聞いた話だったような
パチ
とにかく何かが気にかかっているのですが、
どうしてもよくわかりません。

もう少しで思い出せそう、という時に
必ず
キ
大きな穴につきあたって
そこで行き止まりです。

しばらくは
グラ
「思い出しかけては穴につきあたる」と言うのを
繰り返していましたが、いつの間にか
ポリ
思い出そうとすることもなくなりました。

つまり、実際には
「何かを思い出しかけていた」のではなく
「何かを忘れはじめていた」のですが、
NEXT
S
あーん
そんなことはもう、どちらでも良いことです。

問題は、
その穴がどこかにまだ開いたままに
なっているということなのですが――

キッ

元も子も
身も蓋もない話は
ここでおしまい。

完
2012.3

あとがき

二〇〇八年の秋からニューヨークに住んでいます。

海外での制作について書くように、とミヅマアートギャラリーの三潴（みづま）さんから勧められ、面倒臭いと思いつつ二〇一一年の四月から文章を書き始めました。なぜ面倒臭かったのかと言うと、ちょうどアニメーション「KiyaKiya」を制作中で、十月の個展を前に早くも顔面蒼白の焦りを感じていたからです。

書き始めてみると、高校の小論文の時間が楽しみだったことを思い出し、だんだん楽しくなってきましたが、書いた内容の多くは子供の頃の思い出で、「ニューヨーク滞在制作記」とはかけはなれてしまいました。

「今週中には、なんとしても第二部の作画を終わらせなくてはならない」、「今日中にこのシーンの編集が終わらないと、絶対に間に合わない」などと、胸が締め付けられるほど切羽詰まっていたのに、その時期の文章を読み返してもその形跡がありません。どんなに追いつめられた状況でも、頭の中には「上の空」な部分が残っているのだと思います。

二〇一二／〇五／〇六

近藤聡乃

新版のための書き下ろし

上の空と穴の底

二〇一八年十月下旬、私は家でマンガを描いておりました。十月三十日からダブリンに行く予定でしたので、出発前に二つの〆切を終えようと計画を立て、それに従って黙々と手を動かしていたのです。

私の計画はこうでした。二十七日までに一つ目を完成させ、二十八日にはそれを日本に発送。発送の後、二つ目の〆切に取り掛かり、二十九日に完成させる（こちらはデータで納品）。三十日にパッキングして空港へ。

立て込んだ予定に思われました。夫は仕事で先にダブリンに行ってしまいました。ちょっと前まで同居していた義理の娘も、友達とルームシェアを始め、家を出ました。シンと静まり返った家で、私は静かに仕事をこなしながら、「夢」について考えていました。

このエッセイ集の「あとがき」にもありますが、どんな時でも頭の中には「上の空」の部分があるものです。十月下旬の上の空は二つの「夢」についてでした。「夢」といってもこの本に何度も出てくる「眠って見る夢」ではなくて、「こうなったらいいな」という方の夢です。

一つ目は「階段を持つ」という夢。これは松谷みよ子『モモちゃんとプー』に登場する「ママ、ご自慢の階段」に影響を受けた夢です。二十八年間住んでいた日本の実家はマンションで、私にとって階段はいつも「外」にあるものでした。いつか階段を「内」に持って、段を磨いたり、腰掛けたり、そこで読書したりしてみたい。（ちなみに、「ママ、ご自慢の階段」はモモちゃん家の階段ではありますが、「外」についている階段でした。）

二つ目は「本棚に大切な本を全部入れて、それを眺めて暮らす」という夢。前述の『モモちゃんとプー』はじめ、子供の頃に馴染んだ大切な本を大量に実家に保管しています。いつか立派な本棚を手に入れて、全部そこに詰め込みたい。ただなんとなく持っている本や実用的なだけの本は絶対に入れない、特別な本棚です。その脇で仕事をしたら「上の空」も華やぐでしょう。

積極的にどうしても叶えたい夢というより、「成り行きで偶然叶ったらいいな〜」という夢です。だけど、どちらも長く見てきた夢だな、なんて考えつつ粛々と働いたら、予定より早く仕事が片付き、そうだ、これが独身の頃の制作ペースだった、と思い出しました。このエッセイ集の最後の方を書いていた頃に出会ったアメリカ人男性と結婚して、もう二年以上たちました。男性には一人娘がいたので、前述の通り義理の娘もできたのです。

出発前にポカリと空いた時間で、七年前に書いたエッセイを読み返しました。まるで別の人が書いた本のように思えました。制作中のアニメーション「ＫｉｙａＫｉｙａ」に飲み込まれていたのでしょうか、今よりも上の空が不思議なことで満ちていたようです。あれから随分状況が変わりました。結婚して、夫が三十年近く住む家に引っ越して、そこで一緒に生活する中で、「いつかは日本に帰るのだろう」という気持ちも、「もう帰らないのかもしれない」に変わっています。

頭の中にいつも上の空の部分があるように、心の底にも穴のようなものが空いていて、その底に、どうすることもできないあれこれが溜まっているように感じます。「いつ日本に帰るのか」という問題も、長いこと穴に投げ込んだままになっていました。「もう帰らないのかもしれない」と気づいた時の、地面から足がふっと離れたような感覚。自由なような心許無いような気持ち。別の人みたいになったのはそのせいだろうか。日本でもニューヨークでもない旅先で、そんなことを考えました。穴の底に何かが溜まるほど、上の空の「不思議という話」は充実するのかもしれません。

最後に、「夢」の話をもう一つ。今度は眠って見る方の夢です。

夢でよく行く街がある。生まれ育った街に似ていて、私は生まれてからずっとそこに住んでいる人のように街を歩いている。実家周辺は現実とそう変わらない。しかし、少し歩いて実家から遠ざかるほど、つまり記憶が曖昧になるにつれ夢が混ざって来るのだ。高架下に沿って左に行ったところは立派な杉林になっているし、高架下を抜けると緩やかな上り坂で、その先にガラス製のピラミッドが建っている。ピラミッドの上で「これは夢だ」と気づいて、夢の街のあれこれの位置関係を確かめて回っていたのに、いつの間にか夢だと忘れて、映画館の列に真剣に並んでいたりする。そして、夢の街に行く度に、現実の部分は縮小し、夢の領域が拡大している。

たぶん、私は少しずつ日本のことを忘れているのだと思います。「もう帰らないのかもしれない」と思った時から、無意識に記憶を手放しているのでしょうか。だったら、実家に置きっぱなしにしている大切な本をニューヨークに取り寄せて、こちらで階段と本棚を持つ計画を立て始めれば良さそうなものです。成り行きで偶然夢が叶うことなんてそうそうないこともう知っているし、階段はともかく、本棚くらいだったら私の経済力でもなんとかなるでしょう。しかし、どうも踏み切れないのです。「もう帰らないのかもしれない」と思いつつ、「もう帰らない」とは決して言えない。それに、子供時代の本を日本から引き上げてしまったら、夢の街から現実の領域が消失してしまうのではないだろうか。

穴の底から二つの夢がゆっくり膨れ上がって来る気配がします。上の空が一杯になるのも時間の問題、やっぱり私は別の人になんてなれないのでしょう。

二〇一八/一一/一〇

近藤聡乃

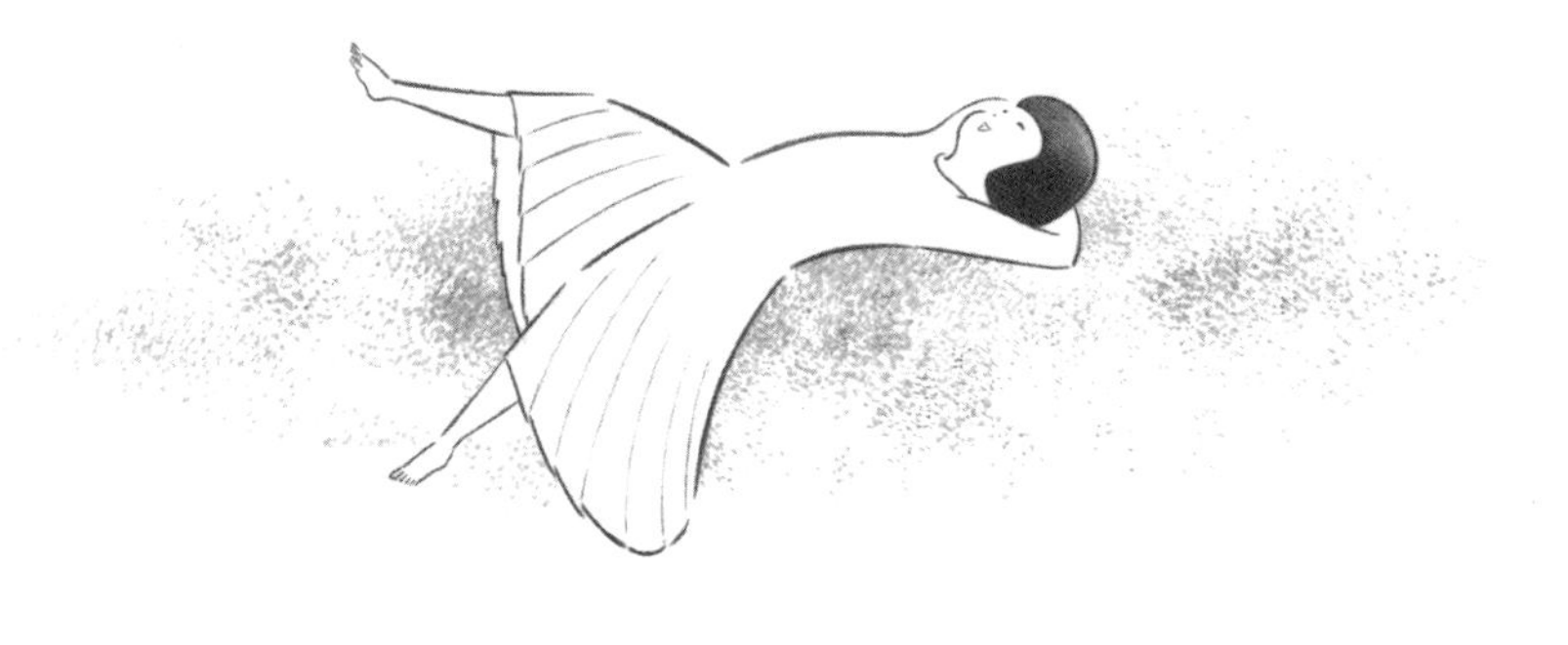

Akino Kondoh
2018.11.10

本書に収めたエッセイは、ブログ「近藤聡乃　NY滞在日記」（http://akinomag.exblog.jp）掲載作を加筆修正の上、発表順に編成しました。なお、「ニューヨークのスズメやリス、そしてイルカ」のみ、「fellows! Vol.17」（エンターブレイン）寄稿作に加筆修正し再掲しました。挿画はすべて描き下ろし、マンガは左記のとおりです。

「子供の頃の頭蓋骨」　「ユリイカ」（二〇一一年七月号）青土社
「もともこもみもふたも」　描き下ろし

新版編成にあたって左記をあらたに加えました。
「上の空と穴の底」　書き下ろし

近藤聡乃（こんどう・あきの）
一九八〇年、千葉県生まれ。二〇〇三年、多摩美術大学グラフィックデザイン学科卒業。現在ニューヨーク在住。二〇〇〇年のマンガ家デビュー以来。アニメーション、ドローイング、エッセイなど多岐に渡る作品を国内外で発表している。二〇一〇年、「YouTube Play. A Biennial of Creative Video」（グッゲンハイムミュージアム）。二〇一一年、個展「KiyaKiya」（ミヅマアートギャラリー）。二〇一八年、森美術館「MAMスクリーン008」。主なマンガ集に『はこにわ虫』（青林工藝舎）、『A子さんの恋人』1～5（以下続刊　KADOKAWA）、『ニューヨークで考え中』1～2（以下続刊　亜紀書房）。原画集『近藤聡乃スケッチ原画集「KiyaKiya」』（小社）、作品集『近藤聡乃作品集』（小社）などがある。近藤聡乃公式ホームページ　http://akinokondoh.com/

新版　近藤聡乃エッセイ集
不思議というには地味な話

2019年1月19日　初版第1刷発行

著者……近藤聡乃
ブックデザイン……寄藤文平　鈴木千佳子
本文組版……小林正人（OICHOC）
発行人……村井光男
発行所……ナナロク社
〒142-0064　東京都品川区旗の台4-6-27
電話……03-5749-4976
FAX……03-5749-4977
URL……http://www.nanarokusha.com
印刷・製本……中央精版印刷株式会社

ISBN978-4-904292-86-0 C0095